AF176747

Über dieses Buch:

Wer kennt sie nicht? Die Menschen, die uns täglich begegnen. In der U-Bahn, an der Kasse vom Supermarkt, auf den Ämtern oder in unserer Fantasie. Menschen, die uns viel erzählen, auch wenn sie nicht persönlich mit uns reden. Schauen Sie sich die Menschen an und Sie werden staunen, wie viel Sie Ihnen mitzuteilen haben.

Rolf Kremming

Solange man sich nicht entschlossen hat, zaudert man, und die Möglichkeit, uns zurückzuziehen, verurteilt uns zur Wirkungslosigkeit. Für alle Initiativen gilt aber eine grundlegende Wahrheit, deren Unkenntnis großartige Pläne zunichte macht, dass nämlich in dem Augenblick, in dem man sich entschließt, auch die Vorsehung ihr Teil beiträgt. Alle möglichen Dinge kommen uns zu Hilfe, die sonst niemals eingetreten wären. Unser Entschluss setzt einen ganzen Strom von Ereignissen in Gang und lässt uns Zufälle und materielle Unterstützung zu Hilfe kommen, wie wir sie nicht im Traum erwartet hätten.   W. H. Murray

Inhaltsverzeichnis

Hurenspiel

Geschichten über Menschen

Von Rolf Kremming

Für Regina, Yolanda, Morgana,
Louise und Justin

Mein Kudamm

Der Dicke an der Bushaltestelle sieht aus, als hätte er vor Jahren mal ein mieses Erlebnis auf dem Kudamm gehabt. Sein Gesichtsausdruck passt bestens zu dem der Dame vom Ordnungsamt in blau, die sich gerade mit ihm anlegt. Angesichts ihrer Uniform fühlt sie sich um 30 Zentimeter größer als der Trottel, der keinen Parkschein hat. Die Dame in Blau grinst und zückt den Block. Nicht jedes Kudammerlebnis ist eine Begegnung der schönen Art. Da sieht die Schwangere im Cafe viel glücklicher aus. Gerade streichelt der Mann über ihren dicken Bauch. Ein Kind mit Roller fährt einen Bogen um die zukünftige Familie. Peter Lustig läuft vorbei. So lustig, wie ich ihn aus dem Fernsehen kenne, sieht er heut nicht aus. Nicht jeder hat immer seinen besten Tag.

„Du bist doch das letzte. Du führst dich auf wie seine Hoheit höchstpersönlich." Die Stimme klingt nach Krach und zwar nach gewaltigem. Ich kenne das, will weghören, bin aber zu neugierig. Vielleicht kann ich noch was lernen. Der Typ schweigt, zieht den Ring vom Finger der linken Hand und legt ihn schweigend neben die Cappuccinotasse. Dann steht er auf und geht. Wow! Ein richtiger Kerl!

Am Nebentisch sitzt ein Pärchen. Sie nimmt ihm die noch nicht brennende Zigarette aus dem Mund und lacht. „Du hast mir doch versprochen..." Er: „Ja Schatz. Morgen höre ich bestimmt mit dem Rauchen auf...." Sie gibt ihm einen Kuss. Die Zigarette behält sie.

Der Punker an der Kreuzung Adenauerplatz trägt ein T-Shirt mit der Aufschrift: Alles Scheiße... Sein Hund liegt schläfrig auf dem Mittelstreifen und ist zu faul zum Bellen. Ein Typ im roten Audi lässt die Scheibe runter und wirft Geld in den Pappbecher. Der Punker strahlt, sein Augen-Lppen-Nasen-Piercing lacht.

Nicht weit von mir wird russisch gesprochen. Ich verstehe kein Wort, aber es scheint was Lustiges zu sein, weil das Damentrio unaufhörlich lacht. Die Sonne scheint auf zwei Prada- und Guccitaschen. Ein Hund kommt vorbei, eine der Russinnen nimmt schnell die Tüten hoch. Sie hat wohl Angst, dass der Hund.... Der aber schleicht zum nächsten Baum und macht dort sein Geschäft.

„Das Himbeereis schmeckt scheiße, Mami." Mami zuckt zusammen. Die rothaarige

Kleine schaufelt sich weiter durch ihren Mickey-Mouse-Becher.

Neben russisch höre ich nun auch noch englisch, spanisch und ein Gewirr von Worten, die ich nirgendwo einordnen kann. Wahrscheinlich indisch. Die Frau hat einen roten Punkt auf der Stirn. Kudamm international. Zwei Straßenmusiker spielen auf. Die Frau schüttelt ihr Tamborin, als wolle sie einen Cocktail mixen. Er bläst in seine Mundharmonika und hat rote Backen. Nach Philharmonie klingt es zwar nicht, aber ich fange mit dem linken Fuß zu wippen an. Die Russinnen am Nebentisch ebenfalls.

Ein Mann mit Blumen fällt mir auf. Seit mindestens einer Viertelstunde läuft er aufgeregt hin und her und schlägt bei jedem Schritt den Strauß gegen seinen Oberschenkel. Ich frage mich, wie lange die

Blumen das aushalten. Dann kommt SIE und zum Glück sind die Blumen noch heile.

Ich höre Kinderlachen. Jetzt kommt Stimmung auf. Zwei ungefähr dreijährige Knirpse spielen zwischen den Tischen Fangen. Der eine in schicken Jeans, der andere in kurzer Seppel-Lederhose. Zum Glück gibt es hier keine Tischdecken. Das wäre eine Katastrophe. Dann kommt der Höhepunkt in Gestalt des Kellners. Er sagt nichts, sein Blick genügt und die Knirpse setzen sich wieder. Lustig ist vorbei.

Die Sonne verschwindet, mich fröstelt. Meine Jacke liegt im Auto und das steht ohne Parkschein auf dem Mittelstreifen. Vielleicht wartet dort schon die Dame in Blau auf mich. Besser ist, ich bleibe noch ein wenig sitzen.

Frederike Feuerbrunst

Frederike Feuerbrunst war ein scheußlicher Name. Dass ihre Eltern sie Frederike getauft hatten, war schon schlimm genug. Aber dass ihre Mutter einen Mann mit dem Namen Feuerbrunst geheiratet hatte, nahm sie ihr verdammt übel. Alles wäre anders geworden, hätte Mama nicht bei der Standesbeamtin Storch „JA" gesagt. Warum hatte sie nicht einen Mann mit vernünftigem Namen geehelicht? Vielleicht einen „von Waltersdorf" oder „Mannesmann? Als Frederike ihrer Mutter das Versäumnis vorwarf, meinte Mama, sie solle zufrieden sein. Schließlich wäre es schlimmer gekommen, hätte sie den Freund vor Ferdinand Feuerbrunst geheiratet. Der hieß Schluckspecht und war auch ein solcher. In Anbetracht der Tatsache, dass die Sache mit ihrem Namen noch relativ harmlos ausgegangen war, schwieg Frederika von nun an still. Doch bis zu ihrem 30. Geburtstag hatte sie sich nichts inniger gewünscht, als im Rahmen einer Ehe von dem Makel ihres Namens erlöst zu werden. Doch der einzige Mann, der ihr jemals einen Antrag machte, war Robert und der konnte nicht schwimmen. Ein Mann, der nicht schwimmen könne, könne auch nicht richtig lieben. So hatte sie es in einer der gängigen Frauenzeitschriften gelesen. Das hatte sie jedoch erst auf Mallorca festgestellt. Das mit dem Schwimmen. Der andere Umstand war ihr schon vorher aufgefallen. Und zwar jedes Mal wenn sie mit Robby im Bett schäkerte. Frederika liebte das Wort schäkern. Es hatte so etwas Weiches und dennoch Markantes und drückte all das aus, was ihr beim Sex wichtig war. Robert dagegen lachte sie deshalb aus und meinte, er fühle sich wie im Kindergarten. So gab ein Wort das andere und Frederike drehte sich frustriert zur Seite. Außerdem war Robert auch geizig. Er selbst nannte es sparsam. Zum Beispiel zahlte er in Euro und Cent genau das, wonach der Kellner verlangte. Trinkgeld geben sei Verschwendung, erklärte er mit erhobenem Zeigefinger; schließlich bekomme er auch keines. Dass er Polizist war und Trinkgeld eher unter den Begriff Bestechung fiel, sah er nicht ein. Wer nun glaubt, Frederike Feuerbrunst wäre nur auf eine gute Partie mit dickem Bankkonto aus, täuscht sich. FF war eine vollkommen normale Frau. Sie ging ihrer Arbeit in einem Reisebüro nach, weshalb sie die Reise nach Mallorca auch zum verbilligten Tarif bekommen hatte. Zweimal in der Woche joggte sie, aß gern Schokolade, Kuchen und Nussriegel, verzichtete aber meist auf den Konsum dieser Dinge, weil sie befürchtete, die Zeiger ihrer Badezimmerwaage würden sich verbiegen. 55 Kilo wog sie und das bei 1 Meter und 70. Sie las gern biografische Romane über Frauen, die es im Leben weit gebracht hatten. Und das ganz ohne Mann. Oder vielleicht gerade deshalb. Männer können ziemlich hinderlich sein, hatte FF schon oft gedacht. Doch ganz ohne, konnte sie sich ihr Leben auch nicht vorstellen. Doch Robert hatte sie, obwohl er durch Heirat zur Änderung ihres Namens hätte beitragen können, ins All geschossen. Im wahrsten Sinne des Wortes. Sie hatte einen Drachen gebastelt, Robbys Gesicht draufgemalt und ihn in die Lüfte steigen lassen. Als er hoch genug und fast in den Wolken verschwunden war, ließ sie die Leine los. Von nun an ging's bergab mit ihrem

Liebsten. Erst drehte dieser sich ein paar Mal zwischen den Kumuluswolken, fing sich kurz, stieg wohl auf Grund aerodynamischer Begebenheiten noch einmal hoch, um dann mit aller Wucht Richtung Erde zu rasen. Dabei trudelte er so stark, dass Frederike Feuerbrunst fast ein schlechtes Gewissen bekam, weil sie doch wusste, dass Robert noch nicht einmal den kurzen Flug nach Mallorca schadlos überstanden hatte. Milchweiß im Gesicht hatte er mit feuchten Fingern ihre Hand gehalten. Während sie noch dachte, wie stark sie und wie schwach er gewesen war, rauschte der rote Drachen in Richtung grüner Wiese. FF schloss die Augen. Sie wollte nicht Zeugin dieses Mordes werden. Ein kurzes Krachen...Erde zu Erde... Staub zu Staub. Der Rest war Schweigen. FF würdigte der Unglücksstelle keinen Blick mehr. Hoch erhobenen Hauptes kehrt sie um und schritt nun leichtfüßig über das Tempelhofer Flugfeld. Der Wind durchzauste die blonden Locken. Sanft strich sie eine Strähne aus der Stirn. Als ihr Handy klingelte und sie die Nummer des Anrufers sah, lächelte sie. „Lust auf einen Cafe bei mir?", fragte der Mann. Die Absturzstelle hinter sich lassend, lief Frederike zu Heinrich Scheuersand. Zwar hatte auch er einen bescheuerten Namen, doch Heini konnte wenigstens schwimmen.

Der Vorhang

„Du Opa Rolli, guck mal, ich habe Dir ein Bild gemalt." Morgana, meine knapp fünfjährige Enkeltochter, stand auf den roten Stöckelschuhen ihrer Mutter vor mir, schwankte wie ein Seemann bei Windstärke 12 und blickte mich an. Mit dem Ausdruck größter Wichtigkeit hielt sie mir ein Blatt aus ihrem Malbuch vor die Nase. Dabei schaute sie mich mit großen Augen an, und wie immer, wenn sie etwas furchtbar wichtiges zu sagen, zu zeigen oder zu machen hatte, schob sich ihre Oberlippe über die Unterlippe. Dazwischen guckte die Spitze ihrer Zunge hervor und wackelte aufgeregt umher.

Ich nahm das Blatt in die Hände, es roch nach frischer Farbe und war an einigen Stellen noch feucht. Der Rest der Farbe klebte an Morganas Fingern, ein dicker roter Spritzer hatte sich auf ihre Nase verirrt und sogar das T-Shirt hatte ein paar Kleckse abbekommen.

„Gefällt es Dir Opa? Das sind wir beide, ich und Du im Kindertheater. Wir spielen Schneewittchen. Ich bin die Prinzessin und Du bist die sieben Zwerge. Ist doch lustig nicht?" Bedächtig schaute ich auf das Blatt in meinen Händen. Neugierig reckte Morgana ihren Hals in die Höhe und schielte unter meinem Arm hindurch.

„Soso, Du bist also die Prinzessin und ich die sieben Zwerge", wiederholte ich, denn ich war mir nicht ganz sicher, ob ich richtig gehört hatte.

„Jaaa genau. Und der Prinz...das bist du auch."

Aha! Ich schaute noch einmal auf das Blatt, hielt es dichter vor meine Nase, drehte es nach links, drehte es nach rechts. Ich schaute auf die Rückseite. Doch nirgends sah ich das Schneewittchen, keinen Prinzen und auch die sieben Zwerge konnte ich nirgends entdecken. Ich rückte meine Brille nach vorn auf die Nase - aber außer einer großen roten Fläche, die in der Mitte einen weißen Streifen hatte, konnte ich auf dem Bild nichts entdecken.

„Das hast Du aber fein gemacht", lobte ich und wartete auf die Eingebung, die mir zeigen sollte, wo die Zwerge waren.

„Nicht wahr, fein gemacht", entgegnete sie und schaute mich fragend an, als warte sie noch auf etwas.

Ich holte tief Luft. „Wo sind denn die Zwerge, und wo ist die Prinzessin?", fragte ich vorsichtig und schaute in Morganas Kindergesicht.

„Man Oooopi, die kannst Du doch nicht

sehen", erklärte sie und drehte die Augen himmelwärts. „Die stehen doch hinter dem roten Vorhang, und der ist noch zu." Dann nahm sie mir das Bild wieder aus den Händen, drehte sich schwungvoll herum und wackelte auf den Stöckelschuhen davon.

Ein Held stirbt nie

Sie waren zu dritt.

Die Brüder Kolkow und Daniel, der gemeinsame Kumpel aus dem Knast. Vier Jahre, zwei Monate und acht Tage hatten sie sich die Zelle 204 der Strafanstalt in Berlin-Tegel geteilt. Die Brüder wegen gemeinschaftlicher Erpressung, und Daniel wegen Körperverletzung mit Todesfolge. Sie waren eine eingefleischte Notgemeinschaft geworden, durch dick und dünn gegangen. So machten sie auch im Knast ihre kleinen und manchmal auch größeren Geschäfte. Ihr gemeinsames Ziel hieß: reich werden ohne Schweiß! Keiner von ihnen wollte zwölf Stunden am Stück schuften, sich Kreuz und Seele verbiegen, nur um die Miete im Sozialblock bezahlen zu können. Sie wollten auf die Bahamas, unter Palmen

schwitzen und sich von braunen Natur-
schönheiten verwöhnen lassen. Sie wollten
Frauen und Dollars genießen.

Daniel, der Jüngste des Trios, Anfang
dreißig, stand am Schalter der Bank. Er
hielt mit seiner Magnum die drei weiblichen
Angestellten und den Filialleiter Lampe in
Schach. Daniel war schlank und unter seiner schwarzen Lederjacke steckten breite,
kräftige Schultern. Der Lohn von viermal
Training pro Woche im anstaltseigenen
Sportstudio. Der Lauf der Knarre zeigte
abwechselnd auf Lampe oder auf eine der
Frauen. Die Ältere mit den grauen Haaren
und der auffallend jugendlichen Brille, blickte ihn aus ihren durch die Brillengläser stark
vergrößerten Augen an. So als erwarte sie,
dass sich jeden Moment eine Kugel aus
dem Pistolenlauf lösen und ihr angegriffe-
nes Herz zerfetzen würde. Obwohl sein

Gesicht durch eine schwarze Strumpfmaske verdeckt war, erinnerte sie der junge Mann an ihren Sohn, der ungefähr im gleichen Alter sein müsste. Ein Sohn, der ihr außer Kummer nichts im Leben beschert hatte, und an dem sie trotzdem hing.

„Schluss mit dem Getuschel", schrie Daniel und fuchtelte mit der Waffe herum. Die beiden jungen Mädchen, zwei Azubis, schreckten auseinander. Mit blassen Gesichtern verfolgten sie den Lauf der Knarre, der abwechselnd auf ihre Köpfe zielte.

Die Brüder an der Kasse packten indessen Bündel für Bündel des Papiers, von denen sie sich ein sorgenfreies Leben versprachen, in drei hellbraune Reisetaschen.

„Mensch Atzte, über eine Million, und im Schrank liegt noch viel mehr", stammelte der Jüngere der beiden. „Mit so ville Knete könn wa die Puppen tanzen lassen, überall...". Den Rest des Satzes übertönte die Stimme seines Bruders. „Schnauze, halt doch endlich die Schnauze, und mach weiter."

Der Jüngere der beiden Kolkows zuckte zusammen und schwieg. Mit fahrigen Handbewegungen schmiss er die Hunderter in die Tasche. Gut zehn Minuten waren sie jetzt im Schalterraum, und in spätestens noch einmal zehn Minuten würden sie ihn wieder verlassen. Nur reicher als sie gekommen waren.

„Mach schon, oder willst du, dass die Bullen dich wieder in den Knast schleifen?"

„Nee, nee ", stotterte sein Bruder und legte an Tempo zu. Dass dabei ein paar Bündel Braune auf den Teppichboden fielen, störte ihn wenig. Es waren ja noch genug im Tresor. Tief sog er den Atem ein.

Der Geruch des Geldes berauschte ihn wie ein Joint.

Daniel schwitzte Blut und Wasser. Die Pistole im Anschlag, stand er nur wenige Meter neben dem Kassenschalter und beobachtete seine Kumpels. Er hatte Angst. Verdammte Angst sogar. Aber er würde sie nicht zeigen. Niemand sollte sein innerliches Zittern merken, nicht einmal er selbst wollte es spüren. Warum? Weil Feiglinge der letzte Dreck auf Erden sind und ihr Leben lang im Keller leben müssen, so wie sein Vater. Während Helden immer auf der Sonnenbank liegen und lächeln. Wenn die Geschichte schief ging, würde er für ewig hinter Gittern verschwinden. Sein Leben wäre dann vorbei. Er streckte den Kopf hoch, richtete seinen muskulösen Oberkörper auf, schob das Kinn energisch vor, als könne er damit die Unwegsamkeiten des

Lebens zur Seite drängen. Er schüttelte den Kopf. Nein, nichts würde schiefgehen. Alles würde nach Plan laufen und in wenigen Stunden wäre er um etliche Hunderttausend reicher sein und im Flieger nach Buenos Aires sitzen. Erster Klasse, versteht sich.

Wieder fuchtelte er mit der Knarre herum. Ließ den Lauf zwischen der Älteren, den beiden jungen Mädchen und Lampe hin und her wandern. Die Knöchel seiner linken Hand waren weiß und angeschwollen. Ab und zu verzog sich die Strumpfmaske zu einem breiten Grinsen und jagte allen Anwesenden Schauer durch den Körper.

Die ältere Frau sah ihm fest in die Augen, dann wanderte ihr Blick zu Lampe, ihrem Vorgesetzten. Wie groß er ist, bemerkte sie. Ein stattlicher Mann. Die grauen Haare an den Schläfen machen ihn interessant.

Auch die dicken, tief eingegrabenen Falten auf der Stirn gefielen ihr. Und ganz im Gegensatz dazu die feinen, verästelten Lachfältchen um Mund und Augen herum. Sie gaben ihm etwas Warmes, etwas Jungenhaftes. Dabei hatte sie ihn selten lachen gesehen. Er war sehr zurückhaltend, jedenfalls ihr gegenüber. Mit den jungen Dingern, na ja, mit denen hatte sie ihn oft herumalbern sehen. Sie schwärmten von ihm. Sie mochten seine Art, er war für sie eine Mischung aus Vater, Chef und Liebhaber. Die eine oder andere wäre bestimmt auch gern mit ihm ins Bett gegangen. Vielleicht hat sie es auch getan. Wer weiß? Zutrauen würde sie es ihnen jedenfalls, und ihm auch. Und sie? Hatte sie nicht schon oft Lust auf Vergessen gehabt? All die endlosen Zahlenkolonnen und das Auf und Ab der Aktienkurse in den Armen eines Mannes zu vergessen?

Sich hinzugeben, wild und leidenschaftlich lieben ohne an die Folgen zu denken? Für einen Moment kam sie ins Schwärmen und wunderte sich, wie sie in dieser Situation daran denken konnte. Warum fielen ihr gerade jetzt die unerfüllten Wünsche ein, mit denen sie jeden Abend unter die Bettdecke kroch?

Daniel hingegen sah den 50jährigen stellvertretenden Sparkassenleiter mit ganz anderen Augen. Er gefiel ihm nicht. Er war ihm zu ruhig. Und dann das Gesicht, indem er nichts lesen konnte. Keine Regung. Nicht einmal Angst. Seine Lippen waren zusammengepresst als hätte sie jemand mit Sekundenkleber bestrichen. Sein Blick wanderte ständig in die Runde. Er musste ihn im Auge behalten. Wer weiß, was der Typ im Schilde führt. Menschen wie dieser Lampe waren ihm immer suspekt gewesen und hatten ihm stets Unglück im Leben gebracht. Sein Vater war so einer gewesen. Erst hatte er Mutter und ihn im Suff geprügelt, dann ist er mit einer Jüngeren auf und davon. Er war damals sechs gewesen. Und dann sein Lehrmeister in der Druckerei Ein ekliger Kerl, genauso glatt wie der Typ hier vor ihm. Wie hieß er noch? Daniel Hirn versuchte zu denken....

„Heee, stell dich gerade hin. Weg vom Schreibtisch und lass schön die Hände unten", zischte ihn Daniel an. Irgendetwas musste er ja schließlich sagen. Die Spannung war enorm. Mit Genugtuung sah er, wie Lampe zusammenzuckte, sich aufrichtete, wie sich dabei die Bügelfalte seiner grauen Leinenhose straffte und wie eine scharfe Kante in den Raum schnitt. Der Schreibtisch knarrte, als sich Lampes 100 Kilo von ihm erhoben.

Lampe selbst fühlte sich in seinem Gedankengang unterbrochen. Das kurze, scharfe „Heee" hatte ihn aus seinen Träumen gerissen. Er sah den Gangster an, versuchte sich das Gesicht unter der Maske vorzustellen und glaubte Unsicherheit zu spüren. Die Hand mit der Pistole zitterte, und Lampe fragte sich, ob sich der Finger wirklich krümmen würde, wenn er...

Lampe sah in dem Überfall die Chance seines Lebens. Er, der unscheinbare Bankbeamte, der Niemand, der immer nur gebuckelt hatte, könnte endlich aus seinem Grauen-Maus-Dasein herauskommen und der Welt zeigen, was für ein Kerl er wirklich ist. Sein Traum - ein Held zu sein - könnte sich erfüllen. Er durfte sich die Chance nicht entgehen lassen. Sein Herz pochte, das Blut drückte gegen die Adern wie das Erdöl gegen eine volle Pipeline. Bleib ruhig, ganz ruhig, betete er ohne die Lippen zu bewegen. Lampe streckte sich und wuchs über seine 1 Meter 88 hinaus. Nicht den Kopf einziehen und wieder ins Schneckenhaus zurück. Er hatte das Gefühl, gerade mit den Fühlern das wirkliche Leben berührt zu haben; jetzt brauchte er nur noch den Kopf hinterher zu strecken. Plötzlich sah er klar und deutlich sein weiteres Leben vor sich. Wie ein Formel-Eins-Pilot konzentrierte er sich auf das Kommende...

Er blickte auf die Uhr an der Wand. Freitag, 5. Januar, 10.16 Uhr. Zwölf Minuten waren vergangen, nachdem die Gangster die Bank überfallen und hinter sich hatten abschließen lassen. Zuerst hatte er ein wenig Angst verspürt, ein leises Ziehen im Magen, zwischen dem zweiten und dritten Rippenbogen. Doch dann überschwemmte ihn Gefühl, das er oft in seinen Tagträumen selbst erzeugt hatte. Ein Gefühl, nachdem er süchtig war, wie andere nach Alkohol oder Drogen. Er, Lampe, ein Held. In seinen Träumen kämpfte er gegen schwarz gekleidete, Ketten schwingende Rocker. Oder er rettete als Austauschgeisel ein paar Kindern das Leben. Dann wieder kämpfte er im Alleingang gegen die Russenmafia, oder er befreite die Passagiere eines entführten Jumbo-Jets.

Die Beine taten ihm weh. Er spürte mal wieder die verdammten Schmerzen in den Lendenwirbeln und dem linken Hüftgelenk. Es zog und piekte. Vorsichtig verlagerte er sein Gewicht auf das rechte Bein. Nicht zuviel. Geradeso, dass das Ziehen links erträglich wurde, ohne das es rechts anfing zu schmerzen. Er sah auf seine Fußspitzen und stellte fest, dass sie wie immer zu weit nach außen standen. Er korrigierte die Haltung, fühlte sich sicherer und blickte durch den Raum. Aber er sah nichts, absolut nichts. Seine Augen sogen alles ein, doch irgendwo zwischen Netzhaut und Großhirn gingen die Eindrücke wieder verloren. Seine Gedanken waren woanders. Er sah seinen Sohn, der er stolz auf ihn sein würde. Er brauchte nur... Er sah die bewundernden Blicke seiner Freundinnen, die sagten...

Er brauchte nur...Er durfte jetzt nicht zögern. Er musste es schnell tun. Der Blick zum Kassenhäuschen verriet ihm, dass er nicht viel Zeit hatte. Die letzten Hunderter wanderten gerade in die abgeschabte Ledertasche. Wenn er es nicht bald tat, hatte er seine Chance für immer vertan und könnte nie wieder in den Spiegel schauen, ohne einen Feigling zu sehen. Aber es war nicht nur die Zeit, die ihn trieb. Da war auch der Zwiespalt in ihm selbst. Der Kampf seiner beiden Seelen. Der Feigling gegen den Helden. Mal gewann die Angst, hemmte sein Denken für Sekunden, mal gewann der Mut die Oberhand und verlieh seinen Gedanken Flügel. Dann fühlte er sich leicht, so leicht, dass ihm der Sprung hin zum Pistolenmann lächerlich kurz erschien. „Sei endlich mal ein Held", schrie es in seinem Innersten. „Halte dich zurück. Warte bis alles vorbei ist", brüllte sein Angst-Ich. Die Furcht schnürte ihm den Atem ab, Hitzewallungen überschwemmten seinen Körper. Alles war so anders als in seinen Träumereien. Da gab es keine Angst. Da gab es nur den Sieg.

Mit lauten Klack sprang der Zeiger der Uhr vor. 10.17 Uhr. Wieder war eine Minute vergangen. Nutzlos waren wieder sechzig Sekunden an ihm vorbeigezogen. Wie viel Zeit würde ihm noch bleiben? Welche Kraft würde den Kampf gewinnen. Er atmete tief durch, dann sprang er...Er hatte keine Angst gefühlt. Für den Bruchteil einer Sekunde war sie weg gewesen. Er schnellte nach vorn, hörte nicht einmal den Knall des Schusses, spürte nicht den Einschlag in seinem Körper. Er packt den Maskierten, seine Fingernägel krallten sich in die dünne Strumpfmaske und reißen sie vom Gesicht.

Schreie, Schüsse, Blaulicht und Sirenen. Er fällt genau in dem Augenblick zu Boden, als die Polizei in die Bank eindringt. Er fällt und fällt und fällt. Er sieht Gesichter über sich. Verschwommen, schemenhaft. Der Duft von Rosenöl steigt ihm in die Nase. „Ruhig, nur ruhig Herr Lampe", hört er eine Frau aus der Ferne flüstern. Ein buntes Brillengestell rückt nah vor seine Augen. Er versuchte in ihrem Gesicht zu lesen, will sehen, ob sie stolz auf ihn ist. Doch außer der Schwere seiner Augenlider spürt er nichts. Für einen Moment hat er Angst zu sterben. Aber auch dazu ist er jetzt zu müde. Dann schließt er die Augen, um zu schlafen. Nur schlafen, schlafen, schlafen...

Am nächsten Tag wird er gefeiert. Der Held von der Sparkasse. Alle reden von ihm, bewundern seinen mutigen Einsatz. Ein richtiger Mann. Ein Vorbild für alle. Kein Weichei aus dem Supermarkt. Seine Freundinnen, die Kollegen, die Azubis, sein Chef, die ganze Stadt ist stolz auf ihn. In den Zeitungen ein großer Bericht mit seinem Foto. Wie er lacht, mit unzähligen Fältchen um Mund und Augen - und einem dicken, schwarzen Trauerrand herum.

Hurenspiel

„Vierhundert die Stunde". Ihre Stimme war sachlich korrekt, doch nicht ohne jenen erotischen Unterton, den man aus amerikanischen Liebesfilmen kennt. Der Anrufer zögerte. Sie hörte seinen hastigen Atem, vermischt mit den Geräuschen des vorbeifahrenden Verkehrs.

„Gut. Okay." Die Antwort war kurz und knapp. „Gut", sagte er noch einmal. „Wo und wann?"

„Zimmer 706 im Hilton am Gendarmenmarkt. In einer Stunde. Und seien Sie pünktlich." Sie ertappte sich dabei, genauso abgehackt zu reden wie der Mann.

Die Leitung war tot. Die Frau hatte aufgelegt. Einen Moment hielt er das Telefon noch an sein Ohr. Dann steckte er das Handy in die Jackentasche, atmete ein paar

Mal tief durch und überquerte die Straße. Ein Taxi fuhr langsam vorbei. Der Fahrer schaute ihn fragend an, stoppte. Der Mann trug ein Sakko in der Art, wie es vor ein paar Jahren modern gewesen war. Die Jeans saßen knapp, und die Schuhe waren an den Hacken abgetreten; der linke mehr als der rechte. Er blieb einen Augenblick stehen, grinste und steckte seine Hände in die Hosentaschen. Noch eine knappe Stunde... dann er würde ihr Parfum riechen, die Wärme ihres Körpers spüren und...

Es war nicht das erste mal, dass er sie traf. Immer rief er die gleiche Nummer an, wartete, bis sich ihre Stimme meldete, um dann eine Verabredung zu treffen. Jedes mal war er aufgeregt. Würde sie den Hörer abnehmen? Würde sie Zeit haben? Oder Lust? Es war ein Geschäft. Aber ein aufregendes. Liebe gegen Geld. Sex gegen Bares.

Gedankenverloren stieg er in das Taxi ein. Er nannte dem Fahrer sein Ziel und lehnte sich zurück. Er wollte sich entspannen, seine Nackenmuskeln lockern, aber die Gedanken, die er hatte, ließen das nicht zu. Er fühlte das Prickeln, das Kribbeln im Bauch, bis zwischen die Beine. Er sah ihren Körper vor sich. Groß, schlank, mit Brüsten, als hätte er sie selbst gemalt. Rund und fest fassten sie sich an, lagen wie eine Verheißung in seinen Händen. Ihr Bauch war flach, ihre Schenkel schlank. Sie war attraktiv. Er liebte sie, und sie erregte ihn. Auch dann, wenn er nur an sie dachte.

Die Hotelhalle war leer. Es war zwölf Uhr mittags und die meisten Gäste waren beim Essen oder in den Konferenzräumen. Er lächelte, sah die gut gekleideten Herren an den Tischen sitzen, stille Mineralwasser vor sich, andächtig den Worten ihres Vorgesetzen lauschend. Er würde es bald besser haben. Kein stilles Wasser, kein Konferenztisch und kein Chef. Dafür würde sie bei ihm sein und ihr Körper würde mit ihm sprechen.

Als er den Fahrstuhl erreicht, schließt sich die Tür. Das Letzte was er sieht sind zwei schlanke, braungebrannte Beine in hochhackigen, blauen Lederpumps. Sie gehörten ihr - er erkannte sie sofort, obwohl er nur den Bruchteil einer Sekunde Zeit gehabt hatte. Während er wartete, sah er auf die Leuchtanzeige über dem Türrahmen. Mit jedem Stockwerk, das der Lift nach oben fuhr, steigerte sich seine Erwartung. Noch fünf Minuten, dann würde er in ihren Armen liegen und den Himmel auf Erden spüren. Die sieben leuchtete auf. Der Lift setzte sich wieder in Bewegung. Sechs-fünf-vier-drei-zwei-eins Erdgeschoss. Geräuschlos schob sich die Tür auseinander und er stieg ein. Sein Gesicht grinste ihm im Spiegel entgegen. Das schüttere, weiße Haar glänzte im Neonlicht. Er war zufrieden. Mit sich, mit der Welt und überhaupt... Er schloss die Augen. Der Lift bremste sanft, hielt, er stieg aus.

Zimmer 706 lag auf der linken Seite. Die Tür war nur angelehnt, als hätte jemand vergessen sie zu schließen. Er tat einen tiefen Atemzug, stieß wie ein kleiner Junge mit der Fußspitze gegen das dunkle Holz und trat ein.

Sie sah ihn im Spiegel kommen. Er blieb stehen. Ihre Blicke trafen sich. Er roch ihr Parfum. Sie sah bezaubernd aus. Genauso, wie er sie in Erinnerung hatte. Ihr schmales Gesicht mit den hohen Wangenknochen war kaum geschminkt. Ihre Brüste schimmerten durch den Stoff der Bluse hindurch. Ihr Anblick hinderte ihn am Denken.

„Komm", flüsterte sie und öffnete die Arme. Beim Anblick ihrer schlanken Finger, schloss er die Augen. Sie sanken aufs Bett. Als er sie auszog, raschelte der Stoff und erst als sie nackt vor ihm lag, öffnete er die Augen. Er roch ihre Erregung und küsste die Schweißperlen von ihren Brüsten. Seine Lippen suchten Bauch, Taille und Nabel. Als er zwischen ihre Schenkel kam, pressten sich Lippen auf Lippen.

Später zog sie ihn über sich und biss ihm sanft ins Ohr. „Nimm mich. Tu es so wie immer", flüsterte sie.

„Schau mich an." Seine Stimme war sanft. Die Klimaanlage summte. „Ich liebe dich", sagte sie, während er sich in ihr bewegte. Ihre grünen Pupillen vermischten sich mit seiner hellgrünen Iris, vereinigten sich zu einem Märchen aus 1001 Nacht. Wie immer biss sie in ihrer Erregung auf den türkisen Stein, der an einer goldenen Kette um ihren Hals hing. Sie hielt ihn mit den Zähnen fest, die Lippen geöffnet und er sah das Aufblitzen der Sonne, die ihre Mittagsstrahlen durchs Fenster schickte.

Als er Stunden später, von der Konferenz, den vielen stillen Wassern und den Fragen seines Chefs, erschöpft nach Hause kam, roch es angenehm nach Essen. Seine Frau küsste ihn auf den Mund, streichelte sein schütteres Haar und stellte ihm sein Lieblingsessen, Kartoffelsuppe mit Wiener Würstchen, auf den Tisch. Während sie schweigend aßen und sich anlächelten, fiel sein Blick auf den türkisen Stein an der Goldkette um ihren Hals.

Das Klappbrett

Sie lagen dicht gekuschelt im Gras. Die Gesichter zugewandt, die Hände verflochten, die nackten Füße berührten sich. Das Abendlicht gab der Szene Ruhe und Beschaulichkeit. Es war ein romantischer Anblick. Nur dass sie beide tot waren, störte die Idylle ein wenig. Jeweils ein Schuss ins Genick hatte ihnen das Leben gekostet. Auch das Drumherum war nicht dazu geeignet, Liebesstimmung zu vermitteln. Da war das alte Auto am Straßenrand, mattes Grün mit rotem Rallyestreifen über der Motorhaube. Die abgebrochenen Äste einer 15 Meter hohen Kastanie waren die Zeugen eines überstandenen Orkans. Doch am wenigsten romantisch waren die roten Rinnsale, die 20 Zentimeter von den Leichen entfernt im Boden versickerten.

Es war 17.00Uhr. Für Kommissar Pinne, der morgen um diese Zeit Pensionär sein würde, sah die Geschichte nach gegenseitigem Selbstmord aus. Er wollte die letzten 24 Stunden seines Ermittlerlebens nicht mit einem neuen Fall verbringen. Kriminalassistent Böttcher dagegen witterte seinen ersten Großeinsatz. Vor einer Woche von der Vermisstenstelle in die Mordkommission versetzt, hatte ihn das Fieber gepackt. Ähnlich dem, das er empfand, wenn er einer Frau begegnete, die ihm mehr als nur gefiel. Hier wie da wollte er sich beweisen. Da mit seinem männlichen Charme, hier mit seiner Logik und den neuesten Erkenntnissen der Kriminalistik. Die Opfer waren seit zwei Stunden tot, plus/minus einer halben Stunde. Pinne steckte den Bleistift in die Hülle und klappte sein 30 Jahre altes Schreibbrett zusammen, während Böttcher auf sein iPad hämmerte. 698 Euro hatte er dafür ausgegeben. Der technische Fortschritt würde sich auszahlen. Kriminalhauptkommissar Pinne hatte den Tatort bereits verlassen. Er saß im Einsatzwagen der Uniformierten und streckte die Füße aus. Lass den jungen Spund bloß keine Eingebung haben, die seiner eigenen widersprach. Das konnte nur ins Auge gehen. Pinne griff zum Handy und rief seine Frau an. In spätestens einer Stunde würde er auf seiner karierten Kücheneckbank sitzen und Wurstsalat und Soleier essen. Zwischendurch noch ein Stück Nugatschokolade lutschen. Später vielleicht noch ein wenig geriebenen Käse über die geschnittenen Tomaten mit Basilikum streuen und in die Mikrowelle schieben. Sein Geschmack war sehr speziell, wie seine Gattin seit fast 44 Jahren behauptete. Dabei hatte er sich von seiner

seiner Lieblingsnachspeise, mit Sahne vermengtes Magermilchpulver, schon lange verabschiedet. Nun wenn Elvira ihre gemeinsame Tochter in Wanne Eickel besuchte, gönnte er sich diesen feinen Genuss, der ihn an seine Kindheit erinnerte.

Der Leichendoktor und die KTU verabschiedeten sich. Zwei Zinkwannen brachten das Liebespaar getrennt in die Rechtsmedizin. Noch 23 und eine halbe Stunde. Über Pinnes ergrautes Gesicht huschte ein Lächeln. Eine halbe Stunde Fahrt nach Hause, eine Stunde Essen, zwei Stunden auf dem Sofa vor der Glotze und acht Stunden Schlaf. Den Rest von 12 Stunden bis zur morgigen Verabschiedung mit Urkunde und Präsentkorb würde er auch noch rumkriegen. Aber nicht mit Arbeit. Davor musste er sich hüten. Böttchers Telefon klingelte ebenfalls. Die KTU teilte ihm die Auswertung der Fingerabdrücke mit. Claus Hofer und Dana Behrendt. Immobilienmakler für gehobene Ansprüche und Kundin mit Geld. Wenig später wusste Böttcher, dass die Frau verheiratet und der Makler ihr Liebhaber war.

Am nächsten Morgen kam Pinne zwei Stunden zu spät. Er hatte schlecht geschlafen. Das Essen aber war es nicht gewesen, das seinen Schlaf schwer gemacht hatte. Nach einem kurzen Besuch im Büro hatte er eine Eingebung gehabt und war die übrige Zeit unterwegs gewesen. Allein. Der macht sich seine letzten Stunden auch nicht mehr schwer, dachten die einen. Die anderen, die ihn besser kannten, wunderten sich nicht. Böttcher war auch den ganzen Tag abwesend. Ehrgeiziger Junge, dachten die Einen. Die Anderen, die ihn näher kannten, dachten dasselbe. Zweimal passierte es Böttcher, dass er bei Leuten auftauchte, die sich wunderten, alles zwei Mal erzählen zu müssen. Doch da sie schwiegen, erfuhr Böttcher nichts davon. Er wusste jetzt genug, setzte sich in seinen schwarzen BMW und fütterte sein iPad mit den Infos. Das Ergebnis war zufriedenstellend. Er lächelte. Die Kollegen würden sich wundern, dass er, der Neuling, den Fall allein gelöst hatte. Als er vor der Tür des Täters ankam, fuhr gerade ein Streifenwagen davon. Auf dem Bürgersteig stand Pinne und klappte zufrieden seine 30 Jahre alte Schreibunterlage zusammen. Noch eine Stunde und 12 Minuten, dann würde er die Hände der Kollegen schütteln. Bis dahin war noch Zeit für einen Cafe. Schließlich hatte er, der Alte, den Fall ganz alleine und ohne iPad gelöst.

Wendepunkt

Es war drei Uhr morgens, als sie ihn holten. Sie waren zu viert und sie trugen die Nässe der Nacht in den Flur und in das Schlafzimmer hinein. Draußen regnete es. Ein Blitz zuckte durch die Nacht. Für den Bruchteil einer Sekunde erhellten sich die bürgerlichen Einfamilienhäuser mit den blankpolierten Autos vor den Türen. Wo die vier Männer standen, bildeten sich dunkle Flecken auf dem fast nagelneuen Teppichboden. Der Größte von ihnen holte Handschellen hervor und legte sie dem älteren Mann um die schmalen Handgelenke. Der Stahl war kalt, und das metallische Klick erschreckte ihn für einen Moment.

„Kommen Sie bitte". Der Polizist mit den Handschellen war freundlich. Seine Stimme war sanft. Er war dick, und von der Mütze tropfte es nass herunter auf die Erde. Wilhelm Schröder verfolgte die Tropfen mit traurigen Augen. Perlend rannen sie über den grünen Stoff, fielen, wie das physikalische Gesetz es verlangte, artig von oben herab auf den vorstehenden Plastikschirm, hielten kurz inne, um dann im Zick-Zack zu seiner vorderen Kante zu rollen.

„Kommen sie bitte", sagte der Polizist noch einmal, berührte den Verhafteten am Arm und schob ihn in Richtung Flur. Dann ging er mit zwei schnellen Schritten links an Schröder vorbei, verstellte ihm den Blick ins Schlafzimmer. Er wollte ihm den furchtbaren Anblick im Bett ersparen.

Das war vor vier Stunden gewesen. Jetzt saß Wilhelm Schröder auf einen Stuhl in der Psychiatrie. Er saß in sich zusammengesunken, genauso wie er sein ganzes Leben verbracht hatte. Immer geduckt, bereit sich auf den Kopf hauen zu lassen. Stets voller Angst vor den Folgen, die er nicht kannte und dennoch fürchtete. Sein Chef hatte immer leichtes Spiel mit ihm gehabt. Er widersprach selten, sagte nie nein, wenn es darum ging Überstunden zu machen. Er war für die miesesten Arbeiten gut genug, tat sie ohne murren. Doch wenn es um eine Gehaltserhöhung ging, war er der Letzte, der sie bekam. Er nahm alles hin, klagte mal hier mal da, aber immer so leise, dass es kaum jemand hörte. Und die Frauen in Wilhelms 45jährigen Leben, es gab nur zwei, hatten ihn wie einen Lippenstift behandelt. Rausdrehen, benutzen und wieder reindrehen. Versuchte er mal ein „Ja, aber...", so klang es zaghaft und niemand nahm es ernst, noch nicht einmal er selbst. Doch jedes Lächeln einer Frau löste in Wilhelm rauschende Gefühle aus. Er fühlte sich angenommen, war wichtig und dafür tat er alles. Er ließ sich beschimpfen, demütigen, erniedrigen und sogar schlagen; wenn nur dieses Lächeln ihn wieder versöhnte. Manchmal schien es ihm auch, als würde sein Leben nur darin bestehen, nach diesem Lächeln zu suchen und ihm dann ohne zu zögern zu folgen. Egal wohin, egal zu welchen Bedingungen. Er wollte nicht alleine sein. Er wollte den Schmerz der Einsamkeit nicht ertragen. Und das Lächeln einer Frau vertrieb diese Einsamkeit, gab ihm Hoffnung für die restlichen Stunden des Tages, für morgen und vielleicht auch für übermorgen.

Auch Irene hatte immer gelächelt: Wenn sie etwas von ihm wollte. Zum Beispiel einen Pelzmantel, ein schickes schwarzes Ballkleid oder ein flottes Auto. Sie wusste ihn zu nehmen und sie nutzte es aus. Seinen letzten Pfennig gab er für sie, hatte sich sogar das Rauchen abgewöhnt. Bei ihr hatte er seine Einsamkeit, die von Kindheit an in ihm steckte, nicht gefühlt. Irene verstand es, seine Ängste zu schüren, um sie kurz darauf mit einem Lächeln und ein wenig Zuneigung wieder zum Verschwinden zu bringen. Er war ihr ausgeliefert, auf Gedeih und Verderb. Es war keine sexuelle Abhängigkeit, die ihn an seine Frau kettete. Es war die Untertänigkeit eines ängstlichen Menschen, der einen anderen brauchte, um eins mit ihm zu sein. Es gab kein Entrinnen für ihn - es sei denn...

Nun wurde der rote Sportwagen vor der Tür nicht mehr gebraucht. Und der Pelzmantel ebenfalls nicht. Irene war tot! Und das schicke Schwarze war blutdurchtränkt. Ihre blauen Augen würden ihn nie wieder anlächeln, ihn nicht mehr erlösen von dem Übel, das Einsamkeit hieß.

Was hatte er getan? Er wusste es nicht mehr. So sehr er sich auch anstrengte, die Erinnerung an den letzten Abend hatte bis auf ein paar Belanglosigkeiten sein Hirn verlassen. Da war der Streit gewesen, die Beschimpfungen. Er sollte sich die Schuhe ausziehen, sollte den Abwasch machen und sollte Zwiebeln schneiden. Sollte, sollte, sollte! Er kniff die Augen fest zusammen, bis ihm schwarz wurde und der Kopf schmerzte. In seinen Schläfen pochte es. Wo war sie, die Erinnerung? Es dröhnte in seinen Ohren, er hörte förmlich das Dunkel um sich herum, roch die Wärme des Blutes, aber er sah nichts. Absolut nichts!

„Was habe ich getan?" Seine Stimme war leise und sein Blick dabei gesenkt. Seine Finger krallten sich in die Lehne des Stuhls.

Die Knöchel an seinen Händen waren weiß. Er schluckte. Sein Mund und seine Kehle waren trocken.

„Mit dem Messer. Sie taten es mit dem Messer." Die Stimme des Arztes hinter dem Schreibtisch war nichtssagend und teilnahmslos. Er blätterte in den Akten herum, und jedes Mal, bevor er ein Blatt umschlug, befeuchtete er Daumen und Zeigefinger der linken Hand.

„Sie haben siebzehn Mal zugestochen. Mit einem Küchenmesser."

Die Worte drängten sich in seine Ohren. Wie polternde LKW schoben sich diese vier Worte in sein Gehirn. Sie haben siebzehn Mal zugestochen.

Er war ein Ungeheuer. Er war die bestialische Ausgeburt eines Menschen. Ein grausames Etwas. Plötzlich schmeckte er das Blut auf der Zunge, auf den Lippen, in seiner Kehle, fühlte den kalten Griff des Messers in seiner Hand und sah sich zu- stechen... Einmal - zweimal - dreimal - zehnmal – siebzehn Mal!

Er stöhnte. Das Grauen hatte ihn wieder. Es kam wie eine Wolke, nass, weich nebu- lös, umhüllte ihn und brachte ihn dem Wahnsinn immer näher. Verzweifelt schüt- telte er den Kopf mit den dünnen Haaren, dann ließ er ihn nach vorne fallen, als wür- de er ihn nicht mehr brauchen. Sein schma- ler Körper fing an zu zittern. Erst waren es nur die Schultern, dann der Brustkorb, die Beine und schließlich der gesamte Körper.

„Nein, nein", stöhnte er noch einmal, diesmal höher im Ton und schauriger als das Mal zuvor.

Die Hand des Arztes blätterte weiter. Er hob den Kopf, schaute kurz und knapp zu Wilhelm Schröder hinüber, dann blickte er wieder in die Papiere mit dem Stempel der Anstalt.

Der Polizist legte Wilhelm die Hand auf die Schulter.

„Haben sie etwas gesagt?" Der Mann im weißen Kittel hob noch nicht einmal den Kopf, um Wilhelm anzusehen. Der Druck der Hand auf seiner Schulter verstärkte sich für einen Moment. Wilhelm spürte die Wärme und die Beruhigung, die von dieser Geste ausging. Er fühlte etwas Vertrautes, etwas dass im Mut machte weiterzufühlen.

Wieder sah er das Blut, hörte Irenes Schreie, sah ihre angstvollen Augen. Er sah sie flehen, wie sie um Hilfe riefen, diese kalten, abweisenden, blauen Augen. Nie wieder würden sie ihr grausiges Spiel mit ihm treiben, ihn verspotten und kaputtmachen. Er schluchzte. Was er sah, das war nicht er. Nein, das konnte er gar nicht sein.

Wilhelm der Leisetreter, der Ja-Sager, der Kriecher und der ewig Dienernde. Er hatte ihr nie genügen können. Sie wollte immer mehr haben, als er ihr geben konnte. Für sie war er nur der kleine, poplige Angestellte, einer der nichts zu sagen hatte, und der nur dazu diente, um getreten zu werden. Auch von ihr. Jemand, den keiner für voll nahm. Ein Niemand, den man, kaum dass man ihn gesehen hatte, auch schon wieder vergaß. Warum sie ihn geheiratet hatte? Das hatte er sich oft gefragt. Die Antwort war leicht, jedenfalls für alle anderen. Wilhelm hatte geerbt. Ein Haus in der besten Gegend, für über 200 000 Euro Aktien und Anleihen und fast eine halbe Million in bar auf einem Luxemburger Konto ohne Zugriff vom Finanzamt. Doch Wilhelm, der Mann, der sich nach Zärtlichkeiten und Geborgenheit sehnte, wehrte sich gegen diese

Wahrheit. Es durfte einfach nicht wahr sein. Kein Mensch könne so schlecht und so gierig sein, und nur sein Geld wollen. Schon gar nicht Irene. So hatte er auch seine Augen geschlossen, als er sie im Cafe mit einem Anderen sah. Er hielt den Atem an, wenn er den Geruch ihrer Liebhaber in der Nase spürte. Er zog seine Hände zurück, wenn er ihr kaltes Fleisch fühlte. Und er hörte weg, wenn die wenigen Freunde, die er noch hatte, ihn aufklären wollten.

„Wilhelm, schmeiß sie endlich raus", riefen sie, wenn sie mal wieder sahen, wie Irene ihre Schläge unter der Gürtellinie verteilte. „Sie ist durch und durch mies. Sie nutzt dich aus. Merkst du das nicht?" Doch Wilhelm war wie ein kleines Kind, das sich, wenn es Erschreckendes sah, einfach die Hände vor die Augen hielt. Nichts sehen hieß nichts spüren und keine Angst mehr haben zu müssen.

Sie hatte fast alle Freude aus seinem Leben rausgeekelt. Hans Adam war ihr nicht klug genug, dabei war er Rektor eines Gymnasiums. Paula, seine Frau, sei eine alte Ziege und Wulf Matthis, seinem Freund aus uralten Schulzeiten warf sie aus dem Haus, weil er ein Glas zuviel getrunken und eine Fahne hatte. Sie verbot allen im Haus zu rauchen, schickte sie in den Garten, bei Wind und Wetter und schloss hinter ihnen die Terrassentür. Einmal versuchte er sich auf die Seite seiner Freunde zu schlagen, indem er die Balkontür wieder öffnete. Der Versuch misslang, bevor er ihn ernsthaft begonnen hatte. „Du Scheißkerl", schrie sie ihn vor allen an. „Willst du etwa, dass ich mir den Tod hole?" Wie gelähmt nahm er wahr, dass sie alle nacheinander grußlos das Haus verließen. Sie kamen nie wieder. Jetzt hatte er nur noch Irene. Er musste nett zu ihr sein, musste sie hegen und pflegen und ihr Gutes tun, sonst würde auch sie ihn verlassen.

Aber es gab etwas wovon Irene nichts wusste. Von den kleinen Zinnfiguren im Bücherregal ahnte sie nichts. Sechs Stück waren es, und es sollten mehr werden. Der kleine Laden an der zu seiner Arbeitsstelle hatte sie im Schaufenster stehen gehabt. Er hatte sie erst gesehen, als er schon fast vorbei war. Er stoppte, ging zwei Schritte zurück und blinzelte durch die Scheibe. Dann drückte er sich wie ein kleiner Junge die Nase an dem Fenster platt. Mit staunenden Augen blickte er auf den Husaren mit der Standarte in der Hand. Sein Herz schlug höher und seine Hände wurden feucht. Als er die Figur der Bäuerin erblickte, hörten die vorübergehenden Passanten ein langgezogenes „Ohh", aus seinem Munde. Es war kurz vor 18.oo Uhr und er hatte noch knapp zehn Minuten Zeit, die Figuren zu kaufen. So schnell wie seit Jahren nicht mehr lief er die hundert Meter zu seinem Büro zurück und holte fünfzig Euro seines heimlich ersparten Geldes aus der Schublade des Schreibtisches. Als er den Laden betrat, wollte der Besitzer, ein alter Herr mit schlohweißen Haaren, gerade die Rollläden herunterlassen. Wilhelm bekam es mit der Angst zu tun. Schnell reichte er die fünfzig Euro über den Ladentisch und deutete auf die Figuren im Schaufenster.

„Sechsmal acht Euro, macht achtundvierzig", murmelte der Alte und reichte Wilhelm die Tüte mit den Figuren. Und bevor er ihm die restlichen zwei Euro aus der Kasse zurückgeben konnte, war Wilhelm schon aus dem Laden. Von nun an kam Wilhelm oft eine Stunde später von der Arbeit nach Haus. Er entschuldigte sich mit Überstunden, aber in Wirklichkeit saß er an seinem Büro und malte die Figuren an. Die Bäuerin bekam ein rotes Kleid, eine weiße Haube und der Korb mit Blumen erstrahlte in schönen, hellen Farben. Dem Husaren zog er eine blaue Uniform aus Lackfarben an, mit silbernen Knöpfen und schwarzen Stiefeln. Einen ganzen Abend lang suchte er nach Namen für seine Kinder, wie er sie vom ersten Moment an nannte. Dann taufte er sie Lissy und Robert. Drei Wochen dauerte es, bis sie fertig bemalt waren. Drei Wochen voller Glück, voller Zufriedenheit und dem Gefühl, zu etwas Nutze zu sein. Dann hatte er seine Kinder mit nach Hause genommen und heimlich im Bücherregal hinter Hermann Hesses gesammelte Werke versteckt.

Das Telefon schrillte. Mit herrischer Stimme meldete sich der Arzt: „Ja, er ist immer noch hier. Nein, er hat noch nicht geredet."

Als wenn das Schrillen des Telefons eine Tür in seinem Inneren geöffnet hatte. Plötzlich war sie da, die Erinnerung an gestern Abend. Das Rauschen in seinem Kopf hörte schlagartig auf. Die Wellen der Verzweiflung verebbten und Wilhelm sah klare Bilder vor sich. Vielleicht zum ersten Mal in seinem Leben. „Mach dies, mach das", hatte sie ihn herumkommandiert, „und vergiss nicht die Zwiebeln zu schälen". Er hatte widerspruchslos funktioniert. Aber diesmal war es anders als sonst. Er würde es später Lissy und Robert erzählen. Er würde sie aus dem Bücherregal holen und mit ihnen flüstern, so als wären sie seine geheimen Verbündeten. Sie würden ihn verstehen und nicht in Stich lassen. Lissy würde aufmerksam zuhören, und Robert ihm mit Rat und Tat zur Seite stehen. Er lächelte still vor sich hin. Dann hörte er plötzlich Irenes übles Geschrei aus dem Wohnzimmer.

„Was ist das? Was ist denn das?" Ihre Stimme war noch unangenehmer als sonst und überschlug sich. Verstört schlurfte er zu ihr hinüber und erstarrte. Irenes Gesicht war voller roter Wut. Ihre blauen Augen funkelten böse, und wild fuchtelte sie mit den Händen in der Luft herum. In der linken hielt sie seinen Freund, den Husaren, in der rechten die Bäuerin. Sie war außer sich. Sie stapfte mit den Füßen auf, schrie und dann, dann zerbrach sie Wilhelms Kinder. Sie drehte Lissy und Robert einfach die

Hälse um. Sie tötete das, was ihm seit drei Wochen ans Herz gewachsen war.

Als würde der Polizist spüren, was in diesem Moment in Wilhelms Schädel vor sich ging, verstärkte er noch einmal den sanften Druck seiner Hand auf der Schulter. Wilhelms Körper richtete sich auf. Gerade, die Schultern fest nach hinten gedrückt, den Kopf aufrecht, saß er da und ließ den Film in seinem Kopf weiter laufen. Er sah, wie er vor ihr stand, fühlte seine Wut und seine Ohnmacht. Und als er sah, wie sie seine Kinder tötete, zerbrach sein Innerstes. Es gab kein Halten mehr. Nichts konnte ihn bremsen. Er hatte das Zwiebelmesser in seiner Hand, hob es zum Stoß... Sie rannte, zertrat dabei die auf dem Boden liegenden Figuren und stolperte ins Schlafzimmer. Sie schaffte es nicht mehr, die Türe zu schließen. Er trieb sie zum Bett und spürte ein nie gekanntes Gefühl des Triumphes. Er sah sich zustechen. Einmal, zweimal, dreimal, zehnmal, siebzehn Mal. Hier auf dem harten Stuhl in der Psychiatrie spürte er zum zweiten Mal die Befreiung. Er spürte noch einmal die Hand des Polizisten. Eine fremde Hand, doch tausendmal vertrauter und wärmer als jede Berührung seiner Frau. Das war das Letzte, was er spürte, dann wurde ihm schwarz vor Augen. Sein Körper sackte zusammen.

Als die Wärter kamen, um ihn zu holen, trugen sie einen Ohnmächtigen davon.

Mit der U 7 zum Karneval

Die Bahn ist voll. Zwei gehen noch rein. Zum Schluss sind es sieben. Der Rucksack des Letzten klemmt zwischen den automatische Türen. Scheiße, brüllt einer, komm rin Hirni, ick will Weihnachten zuhause feiern. Es ist der 19. Mai und es ist Karneval. An der Stange ein Dutzend Hände. Die sechste ist meine. Die drunter und drüber haben dreckige Fingernägel. Sie gehören demselben Typen. Irgendwo hinten grölt es: Mer san mit dem Radl da. Was wolln die Bayern hier? Der Rucksack ist drin, der Zug ruckt an. Auf dem Bahnsteig Berliner Straße bleiben die zurück, die zu spät kamen. Eine hat ein angemaltes rotes Gesicht. Ein Mann winkt mit einem Blumenstrauß. Vielleicht ist seine Braut im Wagen. Vielleicht sieht er sie nie wieder. Im Karneval ist alles möglich. Neben mir tuschelt einer seinem Kumpel zu: Mit son Jesicht würd ick nicht uff ne Fete jehn. Ich bin neugierig und schau mich um. Mit „son Jesicht" kann nur der Typ neben mir gemeint sein. Sein Gesicht sieht aus, als erwarte er einen Tag mit sieben Sorgen. Daran kann auch der bunte Schlips nichts ändern. Rolf, du willst doch nicht mehr lästern. Schade!

Bayerischer Platz. Zwei steigen aus, vier ein. Langsam wird's eng. Ich schaue zu den beiden Rentnern, die sich auf den Sitzen tummeln. Der Alte mit dem schräg geschnittenen Haaren und der geblümten Weste mit dem Antiatomsticker, sieht noch schräger aus, als die Frau. Sie trägt eine grüne Kordel um die Stirn und sieht aus wie Oma Squaw. Warum machen sich alte Leute zum Narren? Je älter ich selbst werde, desto weniger Geduld habe ich mit Gleichaltrigen. Ich drücke schnell ein Auge zu, um besser sehen. Das Erfreulichste im Zug ist das knutschende Pärchen inmitten der Schar von Irren. Sie ist vielleicht siebzehn, er ein, zwei Jahre älter. Er himmelt sie an. Sie ist gerne sein Himmel. Ich hab auch mal in der U-Bahn rumgeknutscht. Mein lieber Mann, ist das lange her. Ich freu mich. Der Himmler flüstert ihr was ins Ohr. Sie wird rot. Der Idiot vor mir tritt auf meine Füße. Die Schuhe sind neu, erst gestern gekauft. Blau mit roten Schnürsenkeln für 59.95, abzüglich 20% Rabatt.

Zwischen Eisenacher Straße und Kleistpark passiert nichts. Dann schieben sich zwei Frauen rein, wo eigentlich kein Platz mehr ist. Doch wo ein Wille ist, ist auch ein Weg. Der Spruch stammt von meinem Vater und der wieder hat ihn von seinem Vater und so weiter. Wahrscheinlich war Adam der Sprücheklopfer. Und Eva hat dann den Apfel gepflückt. Den Rest kennen wir alle. Die kleinere der beiden Frauen hat einen dicken Pickel auf der linken Schulter, über den sich jeder Dermatologe freuen würde. Bei der anderen haben sich Billionen Körperzellen an den Brüsten getroffen. Ein Drittel außerhalb der gelben Bluse. Und das bei dieser Enge. Auf dem Monitor läuft Werbung. Der Friedrichstadtpalast sucht junge Talente. Nichts für mich. Irgendein Fußballverein sucht einen neuen Trainer. Auch nichts für mich. Düsseldorf ist abgestiegen. Mir egal. Auf dem U-Bahnhof Yorkstraße der große Knaller. Ein Mann mit Pauke will rein. Dabei ist noch nicht mal Platz für eine Blockflöte. Aber das interessiert ihn nicht. Er drückt, schiebt, flucht. Sein Gesicht wird rot und röter. Dann platzt es. Nicht das Gesicht, aber der Bezug der

Trommel. Der Pauker schreit. Ein Hund kläfft. Zwei Kinder fangen an zu weinen. Es ist Karneval. Endlich U-Bahnhof Südstern. Ich atme auf. Zu spät. Ich komme nicht rechtzeitig aus dem Zug. Aber am Hermannplatz ist auch ganz schön.

...und die Sterne lügen doch

Widder sind Erfolgsmenschen. Besonders die Männer. Sie lassen sich nicht unterkriegen. Sie rennen mit dem Kopf durch die Wand, holen sich blutige Beulen, sind aber stets Sieger. Sexuell aktiv, ausdauernd, lieben das Ungewöhnliche und sind Hans Dampf in allen Gassen. So jedenfalls stand es schwarz auf weiß in einem Heft, das jeder Gast beim Astroball im Cafe Keese in die Hand bekam.

Ich bin Widder und niemand wird es mir verdenken, dass mir die Beschreibung gut gefiel. Hoch erhobenen Kopfes stürzte ich mich ins Getümmel. Dunkle Leinenjacke, helle Hose, bunter Schlips. Gut sichtbar klebte ich den Widdersticker an die Jacke.

Die Dunkelhaarige am Tisch sieben ist mein Typ, und das Schildchen über ihren

großen Ausschnitt verrät: Sie ist ein Was-
sermann. Ein kurzer Blick in die Broschüre
und ich erfahre, was das bedeutet. Kühl,
leidenschaftslos und unberechenbar. Aha!
Mein Sportsgeist ist gefragt. Unberechenbar würde mich nicht stören, schließlich
suche ich keine Frau fürs Leben. Und Kühle
und Leidenschaftslosigkeit würden sich
beim Widdertemperament schnell verlieren.
So dachte ich! Doch die Dunkelhaarige,
lässt mich abblitzen. Auf langen Beinen
schreitet sie ohne mich zu würdigen auf
den Nebentisch zu. Zum Löwen mit den
kurzen Beinen. „Blöde Kuh", denke ich, als
mich ein Hingehauchtes „Darf ich bitten?"
aus meinen boshaften Gedanken reißt. „Na
klar", erwidere ich und schaue in zwei wun-
dervolle blaue Augen, die mich skeptisch
mustern. Sie heißt Karin, ist Schützin der
letzten Dekade, und 1 Meter 60 klein. Ihr

kräftiger Busen kommt mir beim zweiten Tanz bedenklich nahe. Doch ehe ich mich daran gewöhnen konnte, schießt die Schützin schon den ersten Pfeil in meine Richtung ab. „Darf ich Sie darauf aufmerksam machen, dass die Kapelle seit zwei Runden Walzer spielt?" Peng! Das hatte gesessen! Der Pfeil war mehr als giftig und ich kurzfristig sprachlos. Ich, rückte die Dame demonstrativ einige Zentimeter von mir ab und lächelte als hätte sie mir gerade ein zuckersüßes Kompliment gemacht. Dann hauchte ich ihr ein „na sowas" ins Ohr. Das Abschießen weiterer Pfeile unterblieb, denn die Dame wollte unbedingt zu Tisch und Nerzjäckchen zurück. Zum Abschied trat ich ihr noch Ausversehen auf den Fuß. Kann ja mal passieren, oder?

Da saß ich nun und schmollte, nippte an meinem Orangensaft und blickte in die

Runde. Der kleine Dicke auf der Tanzfläche kam ins Schwitzen. Die Sechsmannkapelle hatte auf flott umgestellt. Vergeblich versuchte er mit seiner um einen Kopf größeren Tanzpartnerin mitzuhalten. Geschickt entglitt sie immer wieder seinen Annäherungsversuchen, bis er erschöpft aufgab. Was ein richtiger Widder ist, der lässt keine Dame auf der Tanzfläche stehen. Unsere Blicke trafen sich, ich nickte, sie lächelte, und schon waren wir ein Pärchen. Das übliche Spiel begann, „ach, wie interessant, sie sind Widder", und ich „also, wie ein Fisch sehen sie aber auch nicht aus". Sie wusste im ersten Augenblick nicht, ob sie darüber lachen sollte, dann hauchte sie mir ein „du Schelm" ins Ohr. Das Eis war gebrochen, der Fisch an der Angel. Die Brünette packte mich gleich bei den Hörnern, was in diesem Fall meine Hände waren. Sie war warm, mir wurde heiß und die Kapelle hatte Erbarmen. Sie spielte sogenannte Stehmusik, die so langsam war, dass sich unsere Beine kaum bewegen mussten. Trotzdem kam ich aus dem Takt, aber das lag nicht an der Musik. Das Knie des Fisches wagte sich an Stellen vor, die dem Widder Flügel wachsen ließen. Poetisch ausgedrückt. Doch der Fisch namens Andrea wurde plötzlich zappelig, schnappte hörbar nach Luft und ging auf Tauchstation. Wie sich später herausstellte kam ihr Ehemann, auch Widder, gerade durch die Tür und blickte sich suchend um. Mir fiel es wie Schuppen von den Augen, das hätte böse enden können. Doch bevor Andrea ins häusliche Aquarium zurückschwamm, drückte sie mir ihre Telefonnummer in die Hand. Für alle Fälle, wie sie meinte. Und dieser Fall trat später auch noch ein.

Irgendwie war ich müde geworden, und von dem so viel gepriesenen Elan des Widders war nicht mehr viel zu spüren. Meine Augen brannten, der Orangensaft war warm, und meinr Füße taten weh. Ich stand gedankenverloren auf, meine Schulter kollidierte mit einem Arm und der Inhalt des Sektglases ergoss sich über meine Hose. „Entschuldigung". „Nein, es war meine Schuld". Wir lachten über unsere Ungeschicklichkeit. Wir tanzten, flirteten, lachten, traten uns gegenseitig auf die Zehen, bis die laute Musik uns störte. Später machten wir uns in ihrer Küche über die Ölsardinen her und tranken GrünenTee.

Erst am nächsten Mittag bemerkte ich den kleinen Sticker auf dem Nachttisch. Daniela war „Jungfrau", und mir wurde klar, wie sehr sich Sterne täuschen können.

Marc ist tot

„Prost!"

17 schwarze Hemden, schwarze Sakkos und schwarze Sonnenbrillen feiern Marcs Abschied von dieser Welt. „Er war ein Guter..."

„Ja, er war ein Guter..."

„Ja..".

Bevor das nächste „Ja, er war ein Guter" in den Männerchor einfallen konnte, standen 17 Bier und 17 Wodka auf dem Tisch. Elf Uhr früh, die Sonne schien, die Gläser klirrten. Ein schöner Tag. Das Marc ihn nicht mehr erleben konnte, lag ebenfalls am Schnaps. Zuviel des Guten und dazu noch ein unaufmerksamer Autofahrer. Das Peng, als er auf der Motorhaube landete, war noch an der nächsten Ecke zu hören und verhieß nichts Gutes.

Das war's!

Jetzt saßen seine Kumpels wie eine sizilianische Mafiafamilie im Cafe Roxy und zeigten sich seiner würdig. „Wenn ick mal sterbe, müssta saufen, bis die Pulle platzt."

So hatten sie es ihm versprochen, mit Handschlag und allem Drum und Dran. Nun saßen sie hier und erfüllten sein Vermächtnis.

„Prost"

„Lass mal die Kleene durch, ick will die von hinten sehen."

„Kieck nich so Fredi, die is noch Jungfrau."

Fredis Augen hatten Mühe das Geschehen zu betrachten. „Son Quatsch, mit som Arsch is ma keene Jungfrau mehr. Allet klar?"

„Eh Alter, Du jehst mir uffn Sack."

Der Alte war um die dreißig und hackevoll. Das machte sich dadurch bemerkbar, dass

er versuchte in seinen eigenen Bart zu bei-
ßen, der in losen Fummeln an der Oberlippe hing. Einer telefonierte, einer schlief,
einer rülpste. Der mit den roten Kreisen auf
dem schwarzen Trauerhemd ruckte kurz
hoch, stellte die Schultern grade und rief:
„Halts Maul, du Arsch. Hier is ne Dame am
Tisch. Noch mal 17 Wodka zum Klarwerden
inne Birne." Sein Lachen klang wie schep-
perndes Geschirr auf einer schleudernden
Waschmaschine. Sein schwarzes Base-
ballcap, vom seltenen Waschen von einer
grauen Schicht bezogen, rutschte über sein
linkes Auge. Nachdem die Gläser verteilt
waren, stand der Typ auf, drehte kurz an
seinem Ohrring, als wolle er sich aufziehen
und verkündete: „Auf Marc und Fritze."

 „Ja, ja, auf die Drei lass ich nichts kommen", gluckste die Spiegelsonnenbrille und
fing an zu schnarchen. Der letzte Wodka-

rest schlich sich im Zickzack an den Falten seines Hemdes entlang, kurvte über den Bauch, blieb abrupt wie vor einem Staudamm stehen und versickerte in den Tiefen des Bauches.

Prost!

Der mit der Stirnglatze und dem Rotzpopelbart erhob sich. Er war im Stehen kaum größer als im Sitzen. Der Irokese neben ihm, der das schwarz gefärbte Bild der Trauergemeinde durch seine gelben Haare zerstörte, lallte. „Du kriegst zwee Schnaps, vielleicht wächste denn noch." Als der Zwerg dem Irokesen gegen die Stirn tippte und meinte, sein Vogel brauche wohl Wasser, kuckte der ihn aus vier Augen an. Inzwischen lag Glatzes Kopf auf Spiegelsonnenbrilles Schultern. Beide schliefen. „Nur die Besten sterben. Ehrlich, ick frach ma ehrlich, warum du noch lebst", lachte einer und zeigte auf den Zwerg. Der schnappte hörbar ein. Auch wenn er besoffen war, dieser Spaß ging ihm doch zu weit. Noch einmal stand er auf, trotz der zwei Wodka aber immer noch nicht gewachsen, und zeigte sich von seiner frivolsten Art. „Wenn ick wollte, könnt ick Weiber haben, da könnta nur von träumen, sach ick euch." Dabei wanderte sein Blick in Richtung Kellnerin, die so tat, als hätte sie nichts gehört. Was den Bartzwerg nun ermunterte, noch eine Kohle nachzulegen. „Ick hatte mal Eene, die war...."

   „...noch kleener als Du...hahaha...det jeht doch janisch, denn wär se doch im Tunnel jeloofen." Beleidigt knickten Zwergs Beine ein und er setzte sich wieder. Sein Blick verriet zehn Bier und zehn Schnäpse. Kaum zu glauben, was alles in Einmeter- fünfzig reingeht?

Die Turnschuhe

Der Abend sollte aufregend werden. Dachte ich. Und er wurde aufregend. Wenn auch anders als geplant. Dabei hatte es zwei Tage zuvor so spannend begonnen. Ich stand mit Freunden auf der Straße, SIE kam vorbei und ich machte ihr ein Kompliment wegen ihres schönen Pullovers. Dass sie mich dann nach meinem Beruf fragte, hätte mich stutzig werden lassen sollen. Aber sie hatte ein hübsches Gesicht, eine tolle Figur und sah so traurig aus. Ich flüsterte ihr zu, darüber dürfe ich nicht sprechen, ich sei Geheimagent. Der traurige Gesichtsausausdruck verwandelte sich in Skepsis, als zweifle sie an meine Worte. Das hätte mich ein zweites Mal stutzig werden lassen sollen. Aber wie gesagt. Sie war zu schön, als dass ich noch hätte denken können. Dann drückte ich ihr meine Telefonnummer in die Hand und bot ihr Lebenshilfe an. Nach dem Motto: Ein Ohr ist immer für dich da. Als sie ein paar Tage später anrief und mir erzählte, sie habe einen kurdischen Freund, verpasste ich zum dritten Mal den Zeitpunkt der Umkehr. Wie schon gesagt, sie war schön...

Wir verabredeten uns zum Kinogehen. Treffpunkt Titaniapalast. Den Titel des Filmes weiß ich nicht mehr. Er spielt auch keine Rolle, denn das Drama spielte sich nicht auf der Leinwand ab. Sie kam zu spät. An der roten Fußgängerampel wartete sie. Kein Auto weit und breit. Ich wunderte mich über soviel Gesetzestreue. Du musst wissen, ich bin Beamtin und Vergehen kommen bei uns in die Personalakte. Aha! Sie schaute mich an. Erst ins Gesicht, dann wanderte ihr Blick über meine neue Jacke und die fast neue Hose zu meinen Schuhen. Ich erwartete ein Kompliment ob meines guten Geschmacks. „Du hast ja Turnschuhe an", stellte sie sachlich fest. Doch der Unterton in ihrer Stimme ließ vermuten, dass noch etwas nachkäme. Nichts Gutes, dachte ich. „Du trägst Turnschuhe? Na ja, ist ja egal, kann ja jeder anziehen, was er will." Ihr Ton strafte der Worte Lügen. Ich blickte nun ebenfalls auf meine Füße und konnte mir nicht vorstellen, was Karin an meinen Tretern auszusetzen habe. „Die Schuhe sind bestimmt bequem. Na ja, kann ja jeder anziehen, was er will." Sie wiederholte sich. Karin trug einen schicken Rock. Nicht zu kurz, nicht zu lang. Gerade richtig. So wie bei Karin alles richtig war. Knitterfrei in Omabraun mit Reißverschluss an der linken Seite. Die Haare tiptop, die Brille von Gaultier, Ohrringe in Gold von

Wempe. Ebenso der Ring an der linken Hand und die Kette mit den kleinen, doch auffälligen Brillis. Sie lächelte und ich glaubte, jetzt käme etwas Liebevolles wie „Du siehst aber gut aus", oder „schön, dich zu sehen". Doch weit gefehlt. „Kann ja jeder anziehen, was er will", flüsterte sie honigsüß und gab sich alle Mühe mir zu zeigen, dass honigsüß auch sauer bedeuten kann. Ihre Stimme klang inzwischen zickig, die Oberlippe stand unter Spannung. Die Augen sprühten Feuer von Unverständnis. Zwei Jungs in zerrissenen Jeans schaukelten vorbei und ich hörte einen sagen: Schau dir mal die aufgebretzelte Tussi an. Karin blieb erschrocken stehen. Sie erwartete wohl, dass ich eingriff. Doch ich tat so, als hätte ich nichts gehört. „Hast du eigentlich noch andere Schuhe?" „Ja, noch ein Paar Turnschuhe." Stille! Karin öffnete den

Mund, schloss ihn wieder und öffnete ihn noch einmal. Der Rest war Schweigen. Als sie sich umdrehte und ging, schaltete die Fußgängerampel gerade von grün auf rot und Karin blieb stehen. Schließlich ist sie ja Beamtin...

U 8... Erlebnis besonderer Art

Jens ist ein Arschloch. Das jedenfalls behauptet die Blonde mit dem lila Handy. Sie sieht gut aus, die Blonde. Vielleicht deshalb, weil sie sich gestern von diesem Arschloch getrennt hat. Die dunkelrot geschminkten Lippen mit dem schwarzen Umrandungsstrich lassen alle U-Bahnfahrer an ihrem Schicksal teilhaben. Gnadenlos, in voller Lautstärke.

„Stell dir vor Chrissy, der Typ hat mir doch tatsächlich misstraut.....Ja, ich sag's dir, er war eifersüchtig bis zum Abwinken." Was Chrissy erwidert, bleibt im Dunkel des Handys verborgen. Die Kleine auf dem Schoß der Mutter lutscht ihren Lutscher. Ihr ist es egal, ob Jens ein Arsch ist oder nicht. Erst als ihr Lutscher mit einem Plopp zu Boden fällt, fängt sie an zu brüllen. Erschrocken bricht die Blonde mitten im Satz ab. „Joooo, er ist mir gefolgt, hinterher spioniert hat er mir. Sei doch mal ehrlich...ist das nicht ein...?"

Der ältere Herr blickt kurz auf, runzelt die ohnehin schon runzlige Stirn und blättert die Bildzeitung um. Die Zeitung mit den nicht nur großen Buchstaben, sondern auch großen Seiten. Für einen Moment stößt die obere Spitze der rechten Seite fast mit dem linken Auge seines Nachbarn zusammen.

Aus dem Arschloch ist ein Penner geworden. Wobei sich die Frage stellt, ob das in den Augen der Blonden nun eine Steigerung ihrer Missbilligung oder ein Abklingen ihrer Wut ist.

U-Bahnhof Herrmannplatz. Eine schwarze Familie betritt den Wagen. Sie, groß und schlank, im rosa Kleid und gegeeltem Haar.

Er im weißen Anzug und Krawatte, die beiden Kinder wohlerzogen mit geputzten Schuhen. Sie setzen sich der Gepiercten gegenüber, deren Gesicht aussieht wie das Ausstellungslager einer Metallwarenfirma. Die schwarze Frau lächelt. Das Metalllager rülpst. Die Kinder lachen den Vater an. Irgendwoher quietscht es erbärmlich. Einige Fahrgäste schauen in Richtung hintere Tür. Das Quietschen kommt näher. Eine junge Frau spielt Geige. Sie versucht Geige zu spielen. Ein Genuss auf jedem Gehörlosenkongress. Geld bekommt sie keines. Wofür auch. Schönleinstraße verlässt sie das Abteil. An der Geige fehlt eine Seite. Aha! An der Tür stößt sie mit einem Familienorchester zusammen. Vermutlich Rumänen. Die beiden Kinder spielen Flöte. Ähnliche Töne wie bei der Geigerin. Nur das sie diesmal aus dem Mund kommen. Die Mutter schlägt Triangel. Wann, ist ihr offensichtlich egal. Hauptsache sie schlägt. Lieber dreimal mehr als einmal zu wenig. Der Vater spielt Gitarre. Sehr leise. Sozusagen diskret. Der Mann mit der Bildzeitung knurrt. Er fühlt sich beim Lesen gestört. Schließlich geht es um Knut. Dem kleinen Eismonster aus dem Zoo. Knut weint, steht geschrieben. Er ist jetzt erwachsen und muss sich selbst behaupten. Sein Ziehvater, Herr Dörflein, ist auch abgebildet. Ein sympathischer Mann. Er hat Gummistiefel an und einen Eimer in der Hand.

Eine Bierflasche rollt über den Boden. Hört sich an, als würde Knut knurren. Biegt der Zug nach rechts, kullert Jever nach links. Legt sich die Bahn in die Linkskurve, rollt die Flasche nach rechts. Physikalisch leicht zu erklären. Hat Newton schon gewusst. Und der lebte vor dreihundertfünfzig Jahren, wo es noch kein Jever gab.

Eine sehr dünne Frau erklärt mit schriller Stimme, sie nehme weder Drogen, noch trinke sie Alkohol. Und deshalb bitte sie um eine Spende. Dabei blickt sie mit ihren dünnen Augen so eindringlich in die Runde, dass Viele nun ihrerseits die Augen schließen und so tun, als würden sie schlafen. Als ob man bei dem Jevergerolle auch nur ein einziges Auge zumachen könnte. Geschweige dann zwei. Die Dünne buhlt um die wenigen zu verschenkenden Cents mit einem plötzlich auftauchenden Verkäufer der Motz. Ein großer, dicker Kerl mit kräftigen Händen. Die Dünne gewinnt. Sie hat ein Loch im Strumpf.

„Du kannst mich mal...", schreit eine Frau den Mann neben sich an. Der versucht im Erdboden zu versinken. Da es ihm nicht gelingt, tut er so, als wäre er nicht gemeint. „He, icke red mit dir...kieck mir wenichstens an." Jetzt schauen alle zu ihm hinüber. Die einen schadenfroh, ein paar gelangweilt, einer mitfühlend. Das Gör mit ohne Lutscher streckt ihm die Zunge raus.

Es riecht. Keiner kümmert sich drum. Nur einer. Er fährt offensichtlich zum ersten Mal U 8 und wundert sich noch. Die, die riecht, ist höchstens 16, vergewaltigt einen Kaugummi und hat den Mittelfinger in einer halbvollen Bierpulle. Es macht Pflopp, als sie den Finger rauszieht. Bier und Kaugummi vermengen sich. Sie rülpst.

„Die meisten wollten ficken, aber ick hatte keen Bock druff und bin ind Kino", verrät sie ihrer Freundin, die nun auch einen Schluck aus der Flasche nimmt und ebenfalls rülpst. Der Typ, der zu ihnen gehört, hat tausend Pickel im Gesicht und grinst. Dabei verzerren sich die roten Flecken auf seinem Gesicht zu komischen Landschaften.

Eine Frau im mittleren Alter blickt missbilligend durch ihre Fielmannbrille. Das hinten zusammengesteckte Haar zittert. Es ist wohl die innere Anspannung, die nach außen dringt. Sie hat schöne Beine, die in Gesundheitsschuhen stecken. Wahrscheinlich ist sie Lehrerin an einer Walldorfschule.

Zwei Jugendliche in Malerhosen singen „Schwanz ab...Schwanz ab...nun ist endlich Schluss mit der Männlichkeit." Die Gesundheitsschuhe erröten. Gleich werden sich die Sohlen vor Scham verbiegen. Ein Kinderwagen steigt ein, das Lutscherkind aus.

Jann witzbrücke. Das „o" fehlt. Abgebrochen. Es liegt neben den Gleisen. Das Musikantenstadel ist auch wieder eröffnet. Diesmal mit der Irrsinnsstimme einer Irren. Alles an ihr ist irr. Der Blick, die Nase, die

Ohren, ja, sogar der kleine Finger. Er zuckt beständig. Macht bei jedem Ton einen Hoppser.

„Die Olle is ja det Letzte", brummelt ein Mann, der aussieht wie Knut aus der Bildzeitung. Weiße Haare, weiße Jacke, weiße Hose. Nur die Fingernägel sind schwarz.

„Jesungen muss sich det janz jut anhörn", schreit einer, der aussieht wie ein türkischer Mitbürger. Sein Berlinerisch passt so gar nicht zu den schwarzen Haaren, seiner dunklen Haut und dem Wallrossschnurrbart in dunkelbraun. Die Augenbrauen seiner Freundin sind gezupft und ziehen sich sportlich in die Höhe. Sie berühren fast den Haltegriff über ihren Kopf. Die Sängerin hingegen fühlt sich bemüßigt, noch einen draufzupacken. Zu allem Übel rasselt sie jetzt auch noch mit einem Kinderspielzeug.

Hört sich an wie die letzten Atemzüge einer Asthmakranken.

„Eh Alter. Haste maln Euro?" Der Typ hat das Gesicht einer Ratte. Spitze Nase, spitzes Kinn, spitze Lippen. Die Frau mit den Gesundheitsschuhen drückt ihm eine Münze in die Hand. Vorsichtshalber. Der Typ guckt, grinst blöd und geht weiter. Ist wohl verwundert über soviel Dummheit. Der Gesundheitsschuh ist erleichtert.

Auf dem Bahnhof Alexanderplatz schreit ein Araber: „Ich fick die BVG. Die ganze BVG fick ich. Alle.... Ihr Schweine. Ich hab genug Geld und kann mit der Taxe fahren." Dann verlangt er von dem Mann im blauen Hemd Zweieurozehn zurück, weil der Penner spinne. Dabei zeigt er auf den Automaten, der eigentlich Fahrkarten drucken soll. Die Tür schließt, die Antwort des BVGlers ist nicht mehr zu hören.

Der Zug fährt ab. Über den kleinen Bildschirm flimmern die neuesten Nachrichten von „ntv". Unserer Angela wurde schon wieder die Hand geküsst, irgendwo fegte ein Orkan die Straßen blank. Lokführer lassen die Kessel kalt und wollen 31% mehr Lohn. Die Wetteraussichten bleiben trübe bis dunkel. Das Leben dümpelt vor sich hin. Im Zugabteil flimmert das Licht.

Jetzt hebt einer die Pulle auf. Es ist der Obdachlose von der Motz. Immerhin 20 Eurocent für einmal bücken. Guter Stundenlohn. Dann steigt er aus.

Die drei Jugendlichen gehen ebenfalls. Es stinkt weiter. Dem Gesundheitsschuh ist das Denken anzusehen. Typisch Lehrerin. Wie kann ich ihnen helfen? Typisch Walldorfschullehrerin. Dann steigt auch sie aus. Die Holzsohlen klappern und wecken den Mann hinter der Bildzeitung. Der schreckt hoch und sucht nach Knut. Er springt auf und rennt zur Tür. Zu spät. Er hat's verpasst. Scheiße. Über dem Fernseher rauscht Ginguim-Reklame. Ein Produkt des Ginkobaumes. Hilft gegen Vergesslichkeit.

Die Bahn ist voll. Der Alte in der Lederjacke auch. Er setzt sich auf einen leeren Platz zwischen zwei Frauen im Bürolook. Wahrscheinlich haben sie grad Feierabend und freuen sich auf die Afterworkparty. Und nun so was. Die eine rümpft die Nase. Die andere macht es ihr nach. Der volle Alte grinst bescheiden...dann kotzt er auf den Boden...

Chorknabe gesucht

Die Meldung stand auf Seite 12 des Berliner Tagesspiegel. Zwischen dem dpa 10-Zeiler, dass es dem Elefantenbaby Kiri im Zoo wieder besser ginge und der Warnung vor dem kommenden Osterstau. Ich las, der Berliner Kinderchor suche sangesfreudige Mädchen und Jungen zwischen acht und zwölf Jahren. Vorsingen bei Chorleiterin Felicitas Hübbe-Haunert. Dann die Telefonnummer. So weit so gut. Nichts Sensationelles, nichts Aufregendes. Kein Mord, kein Unfall, kein Millionenbetrug. Und doch etwas Ungewöhnliches, was sich mit dieser Meldung für mich verband. Ich fühlte mich rund vierzig Jahre zurückversetzt. Vielleicht ein paar Jahre mehr oder weniger. Aber was spielt das schon für eine Rolle? Der Knabe, der ich damals war, saß in der ersten Reihe eines Schulzimmers in der Borsig-Oberschule am Lausitzer Platz in Berlin. Technischer Zweig, Aufbauklasse. Vorgesehen für das Abitur, doch aus Lustlosigkeit der Schule gegenüber, diese vorzeitig abgebrochen. Wahrscheinlich trug ich kurze Cordhosen mit Doppel-Reißverschluss, wie sie Zimmermänner tragen. Dazu ein kariertes Hemd mit kurzen Ärmeln und von meiner Oma selbstgestrickte Strümpfe und Schuhe, die mir meine Mutter ohne Wissen meines Vaters im Schuhladen gegenüber unserer Wohnung auf Abzahlung gekauft hatte. Ich war kein guter Schüler, aber auch kein schlechter. Um gut zu sein fehlte es mir an Begabung, und wie ich später oft feststellen musste, auch an Ausdauer. Und um richtig schlecht zu sein, fehlte es mir an Mut. Die Angst, eine Fünf oder Sechs nach Hause zu bringen und meinen Eltern Kummer zu bereiten, war immerhin Motivation genug, mich im Mittelfeld der Schulzensuren zu bewegen.

Doch zurück zum Vorsingen und zu Felicitas Hübbe-Haunert, der Leiterin des Berliner Kinderchores. Sie sind mir in unangenehmer Erinnerung geblieben. Und ich hatte all die Jahre gedacht, ich hätte Sie, meine Musiklehrerin, ein für alle mal vergessen. Doch die Demütigung von damals sitzt zu tief, als könnte ich sie aus meinen Erinnerungen streichen. Ich musste vorsingen. Jawohl, ich musste! Der Junge mit dem mittelblonden, für 80 Pfennige geschnittenen, Haaren und der Cordhose, hatte von Ihnen den Befehl erhalten, sich vor allen anderen zu blamieren. Ich versuchte mich zu verweigern, faselte was von Heiserkeit und Übelkeit. Von meiner Angst erzählte ich nichts. Ich zitterte so, dass ich dachte, der ohnehin schon wacklige Stuhl würde mit mir zusammenbrechen. Ich glaube, ich hatte mir damals den Tod gewünscht. Den schnellen und augenblicklichen, der mich von all dem Übel erlösen sollte. Er kam nicht, der Tod, meine ich. Dafür lief mein Gesicht rot an, meine nackten Knie zitterten und die kleinen Zehen verkrampften sich in den noch nicht bezahlten Schuhen. Von alledem hatten Sie keine Ahnung. Sie hatten hinter Ihrem Lehrertisch gesessen und warteten darauf, dass ich mich blamieren würde. Ich tat es, weil ich auf Grund meiner Erziehung dem Befehl eines Lehrers Folge leisten musste. Ich blamierte mich, weil ich meine Eltern nicht blamieren wollte. Sie suchten nach sangesfreudigem Nachwuchs für Ihren Kinderchor. Da war Ihnen jedes Mittel recht. Sie suchten Kinder, die „Ich wandre ja so gerne am Rennsteig durch das Land" oder „Hoch auf den gelben Wagen" singen sollten. Ich glaube, ich entschied mich für den gelben Wagen, nahm meinen Mut zusammen und erstickte fast daran. Es kam, was kommen musste. Der Junge im karierten Hemd krächzte ein paar Töne heraus, obwohl er sich alle Mühe gab. Doch mehr war nicht drin. Nicht, weil ich nicht singen konnte. Nein, Frau Hübbe-Haunert. Der Junge starb fast vor Angst, weil er kein Selbstbewusstsein hatte und sich schämte. Die Folge war die erste 6 in meinem Leben und das Gefühl versagt zu haben. Im Zeugnis stand im Fach Musik: kein Gehör! Heute singe ich übrigens sehr gerne, nur bin ich nun zu alt für Ihren Kinderchor. Und Noten kann ich auch lesen. Aber das habe ich nicht in Ihrem im Musikunterricht gelernt, sondern mir selber beigebracht.

Amtsfreuden

Warteraum 2, Bereich 2 im 2. Stock. Leicht zu merken. Die Dame von der Wartenummernausgabe hatte es mir erklärt. Kaum hatte sie mir den Weg beschrieben, hatte ich ihn auch schon wieder vergessen. Zum Glück hatte sie mir einen Zettel in die Hand gedrückt. Sah ich wirklich so doof aus oder hatte sie nur einschlägige Erfahrungen? Die Schlange, in der ich wartete, um mein Auto stillzulegen (abzumelden) war gefühlte 120 Kilometer lang. Die Frau neben mir fragte, ob ich schwerbeschädigt sei. Warum, fragte ich dumm zurück. Dann müssten wir nicht so lange warten und können einfach nach vorne gehen. Sie als Schwerbeschädigter, ich als Begleitperson. Ach so! Ich schüttelte den Kopf. Dann bringe ich beim nächsten Mal meine Mutter mit, erklärte sie mir ungefragt. Warum gab ich nicht zu, zwei neue Hüften zu haben? Ich glaube, sie sah zu gut aus. Aber auch ohne Ausweis fand mein Hintern schließlich einen freien Stuhl. Der Typ neben mir telefonierte lautstark in französisch. Lauter als meine Ohren es gemeinhin ertragen. Aus dem Hörer schreit eine Frau zurück. Alles klar. Der Typ sieht aus wie ein Tänzer vom Friedrichstadtpalast-Ballett. Lila Hemd, schwarzer Hut, rund mit schmaler Krempe, gelbe Hose und grüne Turnschuhe. Der Streit eskaliert, er stampft mit den Füßen auf, ich wechsle den Platz. Schräg vor mir einer in Bermudashorts und mehr Haaren an den Beinen als auf dem Kopf. Er hat ein Laptop auf den Knien, eine Maus in der Hand und eine dünne Plastikscheibe über sein Geschlecht. Ich frage mich, wie es sich wohl anfühlt, wenn sein Mäuschen über das

Brettchen huscht. Die Musik aus den Ohrhörern der Basecap-Frau an der linken Wandseite begeistert alle im Raum. Oder auch nicht. Das ältere Ehepaar mit den weiß gebügelten Polo-Shirts passt rein äußerlich nicht hier her. Ding...Dong...auf der Anzeigentafel erscheint die Nummer 66. Noch 25 Mal Ding...Dong...und ich bin dran. Das kann ja heiter weiter. Hier sitzen alle wie im Kino und starren auf den Flachbildschirm links oben. Dort steht das Zitat des Tages: Du musst das Unmögliche versuchen, um das Mögliche zu erreichen. Von Hermann Hesse. Ob der auch schon mal hier war, um sein Auto ab-, an- oder umzumelden? Ein Jack Wolfskin Rucksack stampft in den Raum. Der Typ, der am Rucksack hängt, trägt weiße Kniestrümpfe mit schwarzrotgoldenem Streifen. Passt irgendwie nicht so recht zusammen. Ich stelle mir vor, wie er so durch die Alpen wandert und Schlag 12 sein Mittagessen aus dem Rucksack holt. „Schade, dass das Wetter nicht Scheiße ist, dann würde ich mich nicht so ärgern müssen, hier zu warten", sagt eine Frauenstimme. Logisch! „

„Was machen Sie denn hier. Wenn ich mal fragen darf? Der Mann neben mir fragt das Poloshirtpaar in gebügelt Weiß. „Wir melden unser Auto an", entgegnet sie. „Was für eins, wenn ich mal fragen darf?". Ich verdrehe die Augen. „Einen MG". Ich staune. „Das Lenkrad links oder rechts, wenn ich mal fragen darf?

„Rechts", die Dame ist sichtlich genervt. Ihr Mann schweigt und schaut aus dem Fenster. Er zählt wohl die Fenster an dem roten Backsteinbau gegenüber. „Solch einen Wagen kann man doch nur im Sommer fahren. Was ist mit Rost, wenn ich mal fragen darf? Die Dame schweigt nun auch. Wohl in der Hoffnung, auf diesem Weg weiteren Fragen zu entgehen. Doch weit gefehlt. „Haben Sie eine Rückfahrkamera am Wagen, wenn ich mal fragen darf? Der Mann ist mit dem Zählen der Fenster offensichtlich fertig. „Nein, wir halten immer genügend Abstand", erklärt er. Mein Gott, mir wird schlecht.

„Aus den Augenwinkeln sehe ich, wie der Frager sich zu mir wendet, auf das Blatt Papier starrt, auf dem ich meine Notizen mache. Ich hoffe, dass er das Maul hält. „Was schreiben Sie denn da? Wenn ich mal fragen darf?"

„Nein dürfen Sie nicht". Pause. Ich schreibe weiter. Ding...Dong...die Nummer 77. Die Zeit vergeht wie im Fluge. Der Mann im Buschhemd popelt. Dann kratzt er sich am Kopf. Mit demselben Finger. Igitttigittt!

„Katze Cora, 5 Jahre alt, sucht ein neues Zuhause", lese ich auf dem Flachbildschirm. Dann erscheint ein Bild von Mia, acht Jahre alt, ebenfalls Katze und auch obdachlos. Mir gegenüber sitzen drei Schwarze. Zwei Männer und eine Frau. Der eine gähnt und zeigt dabei eine ganze Goldmine. Neben ihm liest eine Dame mit Goldrandbrille die Gala.

Über den Bildschirm flimmert jetzt ein Verkehrsquiz. Eine Frage, drei Antworten. A B C. ich entscheide mich für C. Falsch. Bei der nächsten wähle ich B. Auch falsch. Na ja, ist auch schon lange her, die Sache mit dem Führerschein. Genaugenommen 50 Jahre. Da darf man ja wohl mal was vergessen, oder? Inzwischen sitzen vier kurze Hose im Warteraum. Einer mit weißen Socken in Sandalen. Ding...Dong...Nummer 99.

Eine Schwarzhaarige mit Ökotäschchen aus Sisal schiebt sich in den Raum. Auf dem Stuhl des nervigen Fragers sitzt inzwischen eine Blonde. Sie tippt mit meterlangen Fingernägeln Whatapps in ihr Handy. Sie lächelt mich an. Ding...Dong...101. Schade, dass ich nun gehen muss.

Der Pickel

Ungläubig starrte sie in den Spiegel. Das darf nicht wahr sein. Sabrina schloss die Augen. Zum dritten Mal innerhalb der letzten zehn Sekunden. Und wieder hoffte sie auf ein Wunder. Auf ein kleines wenigstens. Sie hoffte, einer Sinnestäuschung zum Opfer gefallen zu sein. Doch auch diesmal war ER wieder da. ER, der dicke rote Pickel, links neben der Nase, auf halber Höhe zwischen Nasenflügel und Oberlippe. Er sah verdammt nicht witzig aus. Die leichte Wölbung in der Mitte war dunkel, mit einem hellen Fleck obendrauf. Verdammter Mist, dachte Biene. Warum muss immer mir so sowas passieren? Und dann noch im ungünstigsten Moment. Und das dieser Augenblick der denkbar dümmste war, lag auf der Hand. Noch eine gute halbe Stunde.

Dann würde sie vor Jens stehen und ihn anlächeln. Sie hatte es tausendmal geübt. Dieses Lächeln. Und nun machte ihr der blöde Pickel einen Strich durch die Rechnung. So kann ich mich nicht mit ihm treffen. Ich werde krank. Ja, das ist die Lösung. Ich werde ihn anrufen und sagen, ich hätte eine schwere Grippe. Und wolle ihn nicht anstecken. Er würde denken, wie rücksichtsvoll ich bin. Nein, würde er nicht denken. Er wäre enttäuscht. Hoffe ich jedenfalls. Nein, keine Grippe. Zu gefährlich. Was würde er denken, wenn er mich morgen beim Einkaufen bei Edeka träfe? Außerdem lügt man nicht. Und frau schon gar nicht. Haben wir einfach nicht nötig. Biene seufzte. Aus tiefsten Herzen. Sogar ihr neuer BH zitterte. Ohje, das Preisschild ist noch dran. 19 Euro 99. Warum die immer so krumme Zahlen machen müssen. Vielleicht kann ich mir ein Tempotuch vor das Objekt Pickel halten. Aber was mache ich, wenn er mich küssen will? So ganz leidenschaftlich und so...Auch keine Lösung. Ich hab's! Ich ruf ihn an und schlage vor, wir treffen uns im „Osram". Die Kneipe ist so dunkel, als hätten sie dort noch nie etwas von elektrischem Licht gehört. Das war's. Und wenn ich mehr Make up drauf mache? Perfekte Lösung.

Jordan bummerte mit seinen Fäustchen gegen die Badezimmertür. Was soviel wie „mach endlich auf, Mama" hieß. Biene war kinderlieb. Aber nicht jetzt. Der Pickel hatte bedrohliche Formen angenommen. Nein, nicht wirklich. Aber in Bienes Augen war aus dem Zwerg ein Riese geworden. Eine Mutation unglaublichen Ausmaßes hatte sich vollzogen. Jordan hatte es inzwischen aufgegeben gegen die Tür zu hämmern. Er saß bei Oma auf dem Schoß und löffelte Nougatcreme aus dem Nutellaglas.

„Wo ist das scheiß Make up" grummelte Biene vor sich hin. Ihre Finger wühlten auf dem Board herum, stießen erst gegen die Nivea-Lotion, die daraufhin auslief, dann riss sie das Glas mit den Q-Tips um. Diesmal fluchte sie schon lauter und genervter. Die weißen Dinger fielen zu Boden und bildeten ein seltsames Muster auf den graugrünen Fliesen. Für einen Moment überlegte Sabrina, ob sie sich bücken solle oder nicht. In Anbetracht der Tatsache, dass sie noch zwanzig Minuten Zeit hatte, und das auch nur, wenn sie eine Viertelstunde zu spät käme, entschied sie sich blitzschnell fürs Liegenlassen. Warum bin ich nur so ein verdammter Langschläfer und habe den Rest Tages getrödelt? Noch einmal übte sie das bewusste Lächeln. Der Pickel spannte.

Als sie die Tube mit der Schminke fand, schlug die Turmuhr sieben Mal. Er steht draußen in der Kälte und holt sich Tod. Bienes Gewissen schlägt Purzelbäume. Schnell ein Klecks auf das Ding an der Backe, Jordan einen Kuss gegeben, der Mama zum Abschied zugewinkt, dann war sie weg. Als sie zu Jens ins Auto stieg, war sie noch außer Atem. Aber sie war sicher, dass er ihren Pickel überhaupt nicht sehen würde.

„He, was hastn da?" Jens grinste, nahm ihr Gesicht zwischen beide Hände und küsste sie mitten auf die Mutation.

„Sieht schlimm aus...nöö?, sagte Sabrina kleinlaut.

„Achwo", is doch lustig. Hatte ich letzte Woche auch. Allerdings am Arsch und noch viel größer."

Der Reißverschluss

Es gibt Tage, an denen scheint nur die Sonne. Und es gibt Tage, die sind dunkler, als es je in einer Kohlengrube sein könnte.

An diesen Tagen brennt die Luft. Kein Parkplatz zu finden, die Schlüssel liegen auf dem Küchentisch und die Tür ist zu. Von außen selbstverständlich. Im Treppenhaus rutscht du auf einem Werbezettel aus. Im Fallen liest du noch: Emsal, die Bodenpflege für dein gemütliches Heim. Du rappelst dich hoch, die Nachbargöre grinst und streckt dir die Zunge raus. Ihre eklige Mutter grinst. Du möchtest sie würgen. Aber du lächelst zurück. Kaum trittst du auf die Straße, schüttet es vom Himmel, als würden Engel ein Wettpissen veranstalten. Zum Tausendstenmal nimmst du dir vor, einen Regenschirm zu kaufen. Und zum

Tausendstenmal wirst du es nicht tun. Ein Orkan pustet dir die Ohren frei, eine Windhose greift nach deinen Beinen.

Apropos Hose. Es war ein ähnlicher Tag, wie der, den ich ihn grad beschrieben habe. Nur noch schlimmer. Tausend mal schlimmer. Seit Wochen kümmert sich meine Nachbarin Karin und Physiotherapeutin mit heilenden Händen, um meine desolate Wirbelsäule. Sie renkt, lenkt, penkt, massiert und gibt Zuspruch, wenn es nötig ist. Bei der letzten Behandlung war mir beim Lieben auf der Massagebank das Kleingeld aus der Hose geklimpert. Centweise klackerten drei Euro und 48 auf das polierte Parkett. Nun aber, schlau wie ein Fuchs, zog ich an diesem bewussten Tag, den ich beschreiben will, den Reißverschluss meiner linken Hosentasche zu. Gut gemacht, dachte ich und legte mich aufs Handtuch. So weit, so gut..

Eine Stunde später stand ich bei Lutz am Zeitungskiosk und kaufte ein Hanuta. Sniggers und Mars waren ausverkauft. Als ich bezahlen wollte und meine Hand nach dem Geld griff, stutzte ich. Kein Loch für meine Finger. Der Reißverschluss war zu. Aha, dachte ich. Du musst am Nippel ziehen. Doch der Nippel wollte nicht. Er wehrte sich entschlossen. Genauso entschlossen waren dann meine Bemühungen, den Reißverschluss zu öffnen. Als Erster guckte mich Herbert an. Herbert ist Mitte Dreißig, sieht aus wie Ende Fuffzig und hatte eine Pulle Bier in der Hand. „Wat machstn da?", wollte er wissen. Ich antwortete nicht. Das Nippelziehen erforderte meine ganze Kraft. „Wat machtsn da"? Herbert ließ nicht locker, nahm einen kräftigen Schluck aus der

Flasche und kam einen Schritt näher. Ich trat einen Schritt zurück. Ich versuche den verdammten Reißverschluss aufzumachen, erklärte ich ihm. Ich sprach laut, deutlich und langsam. Wie immer, wenn ich kurz vor dem GAU stehe. Lass mich mal ran. Ich trat einen weiteren Schritt zurück und Herberts Finger griffen ins Leere. Die Bierpulle zerschellte auf dem Pflaster. Oma Liebeskind, im selbigen Moment vorbeikommend, fuhr sich einen Platten in den Reifen ihres Hollandrades. Als sich auch noch ein weiterer Mann an meiner Hose zu schaffen machen wollte, hastete ich entsetzt davon. Idiot, hörte ich Herbert rufen.

Direkt hinter dem Zeitungskiosk liegt Mirkos Änderungsschneiderei. Ich öffnete die Tür und erschrak vom lauten Klingeln der Glocke. Zwei Frauen grüßten freundlich. Nicht mehr ganz jung, nicht mehr ganz schlank und nicht sehr groß. Aber sie lächelten. Ich lächelte zurück. „Also", fing ich an, „ist Mirko da?" Mirko war Kroate, Besitzer des Ladens und nirgends zu sehen.

„Mirko ist in Urlaub. Er liegt in der Sonne und freut sich. Können wir Ihnen helfen?"

Bevor ich nein sagen konnte, hatte mich die Kleinere der beiden Kleinen am Ärmel gepackt. Die andere griff, als hätte sie es vorher mehrmals geübt, nach meiner Hand. „Was können wir für Sie tun?, fragte sie mit sanfter Stimme und schaute mich an, als dürfe ich ihr keinen Wunsch abschlagen.

„Eigentlich nichts", antworte ich und versuchte meiner Stimme einen selbstbewussten Klang zu geben. In Wirklichkeit hatte ich Schiss. Verdammt viel Schiss. Der Gedanke, die Dame könnte an meinem Reißverschluss rumfummeln, oder sogar beide mit vereinten Kräften an dem Schniepel ziehen, bereitete mir Unbehagen. Die erste Schweißperle machte sich bemerkbar.

„Ich komme nächste Woche wieder". Die Schweißperle rann über die Stirn und blieb in der zweiten Querfalte hängen. Auch das noch...meine Füße machten kehrt und wollten das Weite suchen.

Nix da, die Damen blieben auf sanfte Weise hart, insbesondere die größere der Kleinen. Ich nahm meinen Mut zusammen, deutete mit dem linken Zeigefinger auf die linke Hosentasche. „Ich wusste doch, dass Sie uns etwas verheimlichen." Diesmal sprach wieder die kleinere der Kleinen und griff zu. „Das haben wir gleich. Zinthia, hol die Zange", rief sie voller Freude. Ich, eben nur ein wenig ängstlich, brach jetzt in innerliche Panik aus. Alle Räder im Hirn drehten sich, meine Hormone tanzten Samba. Was wäre wenn...ich blickte auf Zinthias Hand, die sich mit der Zange näherte. Zitterte sie? Ich war wie gelähmt.

Ratsch...in meinem Reißverschluss war das Leben zurückgekehrt. Die Frauen lachten. Sehr leise, wie ich fand, und sehr zurückhaltend. Dann schauten sie mich an und grinsten. Als ich zwanzig Minuten später mit zwei großen Eisportionen den Laden betrat, begrüßten mich wie einen alten Freund.

Freunde

Sie kannten sich seit sie zwei Jahre alt waren. Claus Behrmann und Heinz-Rudolf Richter saßen schon am Kindergartentisch nebeneinander, bis Tante Claudia sie auseinandersetzte. Sie manschten mit dem Essen, schmissen mit den Löffeln und machten jede Menge anderen Unfug. Nach dem Kindergarten besuchten sie die gleiche Schule, die gleiche Klasse, blieben beide in der Sechsten sitzen und bekamen gemeinsam aber noch die Kurve. Abi mit 1,0, Medizinstudium, zweimal die gleiche Freundin. Sie waren dass, was man beste Freunde nennt. Der einzige Unterschied zwischen ihnen war: Claus wollte Rechtsmediziner werden, Heinz-Rudolfs Neigungen gingen in Richtung Hals-Nasen-Ohren. Als man ihm allerdings selbst die Polypen rausnahm, wurde auch er ein Kandidat für das Studium der Rechtsmedizin. Weißt du Claus, pflegte er damals zu sagen, anderen Menschen in der Nase herumzubohren, ist unschicklich. Heinz-Rudolf nickte, denn er hatte den Trip seines Freundes in Richtung Ohrenarzt sowieso nie ganz ernst genommen. Sie fingen im gleichen Institut an, dienten sich hoch, schauten in tote Brustkörbe, vermaßen Stiche und Schusswunden, fanden kaum sichtbare Einstichstellen und suchten nach verborgenen Giften. So machten sie manchen Herzinfarkt zum Mord. Im Laufe der Jahre wurden sie Ehemänner, Väter und fragten sich hin und wieder, ob das nun alles gewesen sei. Das war die Zeit, als sie sich jeden Morgen vor Dienstbeginn in dem Cafe an der Ecke trafen und den Tag mit einem Cappuccino begannen. Am Nachmittag ließen sie an gleicher Stelle den Arbeitstag wieder ausklingen. Claus vögelte seit Wochen regelmäßig mit der Nachmittagsbedienung. Heinz-Rudolf fühlte sich für die weibliche Frühschicht zuständig. Sie waren jetzt 52, leicht angegraut aber recht ansehnlich und gaben sich gegenseitig ihre Alibis. Gestern feierten sie ihre 50 Jahre dauernde Freundschaft mit einem Angelausflug. Außer Mücken hatte aber nichts gebissen. Danach noch ein Schlückchen im Cafe, dann trennten sie sich. Heinz-Rudolf fuhr nach Hause. Claus hatte mit schelmischem Lächeln verraten, er habe noch was vor. Tschüss bis Morgen. Wieder war ein schöner Tag vorbei.

Pünktlich um acht saß Heinz-Rudolf am nächsten Morgen im Cafe. Der Cappuccino dampfte, die Milch war ganz nach seinem Geschmack, fest und steif aufgeschäumt.

Es roch nach Sonnenschein und Fröhlichkeit. Zehn nach acht klingelte sein Handy und man bat ihn, gleich ins Institut zu kommen. Eine Leiche warte auf ihn. Mit leichtem Verdruss über die Störung, schaute er der Vormitagskellnerin noch einmal in den Ausschnitt, trank den Cappuccino aus und schickte Claus eine SMS...bin am Tisch. Bis später...

Die Leiche lag mit einem Tuch bedeckt auf dem Metalltisch. Auch hier schien die Sonne durch die Fenster, doch es war unendlich viel kälter und es roch mehr nach Tod als nach Lebendigkeit. Leichter Ärger machte sich in seinem Magen breit, als er die Skalpelle ungeordnet auf dem Tisch sah. Heinz-Rudolf zog den grünen Kittel an, streifte sich die Handschuhe über und wunderte sich über das Schweigen seiner Assistentin und des Helfers. Haben wahrscheinlich schlecht geschlafen, wahrscheinlich sogar im selben Bett, dachte er. Noch einmal schweiften seine Gedanken zur Kellnerin zurück. Zwei Schritte bis zum Tisch, irgendwo aus der Ecke, wo die Sachen der Toten liegen, meldete ein Handy eine SMS. Heinz-Rudolf zog das Tuch von der Leiche und...erstarrte. In diesem Moment wusste er, welche SMS-Nachricht aus der Ecke gekommen war.

Lydias wunderbare Wandlung

Camilla war knapp dreißig und wollte solide werden. Es war ein Sonntagmorgen im Mai, als sie beschloss, mit ihrem bisherigen lasterhaften Leben Schluss zu machen. Nicht dass sie es bereute. Ganz im Gegenteil. Sie hatte viel Spaß gehabt, viele Menschen kennen gelernt und es war ihr nie langweilig gewesen. Doch jetzt, so beschloss sie, wäre es an der Zeit, sich Anderem zuzuwenden. Sie stieg in den Keller, ordnete die Dinge, die sie verkaufen wollte, weil sie in ihrem neues Leben keinen Platz mehr hatten. Camilla, seit sechs Jahren Domina, ordnete ihre Zukunft, indem sie sich von ihrer Vergangenheit verabschiedete. Während im Park die Blumen dufteten und Liebespärchen sich gegenseitig ewige Treue schworen, verkaufte sie die Sachen, die von Lust und Leid erzählten. Die schwarzen Lederklappen zum Augenverbinden bekam der Optiker an der Ecke, der sie als Dekoration zwischen Armani- und Porschebrillen ins Schaufenster stellte. Alle Welt wunderte sich, aber nur er und Camilla wussten von ihren gemeinsamen Stunden mit verbundenen Augen. Auch das er manchmal ein paar Peitschenhiebe brauchte, um die Lust zu genießen, blieb ihrer beider Geheimnis. Den Käfig mit dem dreifach gesicherten Schloss veräußerte sie an den Tierpark. Denn auch der Herr Zoodirektor wollte seine Zukunft mit Erinnerungen verschönern. Immer wenn er auf den traurig blickenden Affen im Käfig schaute, stellte er sich vor, wie schön Eingesperrtsein sein kann. Den Königinnenthron, von dem sie mit den Stiefelspitzen alles niedertrat, was sich ihr in den Weg stellte, kaufte ein türki-

scher Schuhputzer. Ün püüür klünne Üm-
büten, dünn bün üch Künüg, sagte er zum
Abschied und hievte sich den Monsterstuhl
auf seine Schultern. Den Richtblock ver-
machte sie in einem Anflug von Nächsten-
liebe dem örtlichen Museum. Das schwarze
Andreaskreuz zersägte sie und schmiss die
Einzelteile Stück für Stück nachts in den
Müll. Nur mit dem Sklaven wusste sie nicht
recht wohin. Erst wollte sie ihn einer Kolle-
gin verkaufen, doch Herr Liebwurz wurde
störrisch und weigerte sich. Zum ersten Mal
in seinem Leben wehrte er sich. Jetzt arbei-
tet er als Kontrolleur bei den Städtischen
Verkehrsbetrieben und lässt niemals Gnade
vor Recht ergehen. Jetzt gibt er zurück,
was mann/frau im jahrelang angetan haben. Sehr zum Genuss seiner eigenen
Lust. Früher flehte er um Gnade, jetzt lässt
er selbst die Sau raus.

Als das Vergangene vergangen war, eröffnete Camilla einen kleinen Laden am hinteren Ende der Einkaufsstraße, zwischen Aldi und der Stadtsparkasse. Gegenüber einer Apotheke, einem Dönerladen und dem Zeitungskiosk. Hier bot sie ihre Schreibdienste an. Nun verfasste sie den lieben langen Tag Briefe an Behörden, die meist mit der Floskel...in Bezugnahme auf ihr Schreiben vom.... begannen, Mahnbescheide an säumige Kunden oder kleine Gedichte für das Poesiealbum. Üb immer Treu und Redlichkeit...Gott wird es dir lohnen... Wer hoch steigt, der tief fällt. Oder: Mach andere glücklich, und du wirst es selbst auch sein...Wer will, was er kann, der fängt es richtig an.. Einmal allerdings hatte sie sich vertan. Da schrieb sie: Alter schützt vor Torheit nicht. Und das ausgerechnet einer Dame Ende der Fünfziger, die frisch verliebt in einen zwanzigjährigen Jüngling war. Aus Schaden wird man klug. So auch Camilla. Ein derartiger Fehler passierte ihr nicht noch einmal.

Doch am liebsten schrieb sie individuelle Liebesbriefe, die meist mit den Satz ...Mein Sonnenschein...oder meine Zuckerschnecke begannen. Es waren die Erinnerungen an ihr erstes eigenes Verliebtsein und die Briefe, die sie damals unter Tränen heimlich bei Kerzenschein las. Er hieß Wanfried und sah so aus, wie sein Name vermuten ließ. Aber sie liebte ihn. Er war 16, voller Pickel und mit gegeeltem Haar. Als Wanfried sie wegen Ursula verließ, wollte sie erst sterben. Dann überlegte sie es sich anders und wurde Domina. Nun also war auch diese Zeit vorbei. Sie war Lehrern eine strenge Lehrerin gewesen, hatte Wirtschaftsbossen das Fürchten gelernt und

Manager zu Schulkinder gemacht. Sie hatte geschlagen, mit Zangen gezwickt und die Peitsche geschwungen. Alles für die Lust der anderen. Manchmal hatte sie Spaß gehabt, sich Wanfried mit Ursula dabei vorgestellt, manchmal wollte sie nur, dass es schnell vorbei ging. Auf jeden Fall hatte sie gut dabei verdient.

Eines Tages lernte sie Günther kennen. Günther mit –th. Sie saß im „Cafe Sonnenschein", löffelte am zweiten Stück Erdbeertorte herum und freute sich über das Leben. Der Herr am Nebentisch schaute nun schon zum dritten Mal zu ihr hinüber und lächelte. Sie lächelte zurück. Er trug einen grauen Anzug und eine Krawatte, über deren Farbe sich streiten ließ. Camilla mochte nun mal kein gelb. Wenige Minuten später saß er neben ihr am Tisch, ein paar Tage danach auf ihrer Couch. Er war Lehrer und konnte

charmant sein. Dass er schüchtern und zurückhaltend war, störte sie nicht. Kurz vor
ihrem dreißigsten Geburtstag fand sie noch
ein paar Handschellen. Schwarz lackiert mit
mattem Überzug. Sie lagen ganz hinten
unter dem ledernem BH und den
Lackstrapsen. Das alles brauche ich jetzt
nicht mehr, dachte sie und packte die Teile
in einen Karton. Lady Z freute sich über
Camillas Besuch und noch mehr über das
kleine Geschenk. Zum Abschied ließ Camilla noch einmal die Augen durch den
schwarzen Salon wandern. Über die sie-
benstriemigen Peitschen, die Holzblöcke,
den Käfig, das Andreaskreuz und all die
anderen Dinge, die bis vor kurzem noch ein
Teil ihres Lebens gewesen waren. Als sie
ging, war sie glücklich. Sie kaufte sich eine
durchsichtige Rüschenbluse, BH und Slip
mit Spitze und echt italienische Schuhe.

Nicht die mit den hohen Spitzenabsätzen, sondern flache mit verspielten Riemchen. So würde sie ihren Günther an ihrem Geburtstag überraschen. Er würde staunen...

Der Dreißigtste kam und mit ihm die Überraschung. Morgens wurde sie vom Kaffeeduft geweckt und als sie Augen aufschlug, brannten 30 Kerzen auf einer von Günther selbst gebackenen Schokoladentorte. Daneben vier liebevoll mit Papier und Schleifchen verzierte Päckchen. Camilla jubelte, hatte sie doch seit ihrer Kindheit so etwas nicht mehr erlebt. Das kleinste Päckchen in lila umhüllte eine Armbanduhr. Das nächste enthielt ein seidenes Nachthemd und das dritte einen Duden mit neuer Rechtschreibung. Schließlich war Günther Lehrer und somit auch für die Bildung zuständig. Als sie das letzte Päckchen öffnete, es war in zartrosa Papier ge-

wickelt und mit einer silbernen Schleife ver-
schnürt, stand Günther voller Erwartung
neben ihr. Mach schnell, ich bin neugierig
auf dein Gesicht, flüsterte er und küsste
aufgeregt ihre Wange. Unter dem Papier
kam ein kleiner schwarzer Karton zum Vor-
schein, der mit zwei Schnallen an den Seiten zugehalten wurde. Sie schnippte die
Verschlüsse auf und...alles hatte sie erwartet, nur keine schwarzen Handschellen. Als
er sie später ans Bett fesselte, sah er glücklich aus.

Ha Ho He...

Es roch nach Schweiß, nach Bier und nach Urwald. Die S-Bahn war knackevoll. Nicht einmal ein Hertha-Zwerg hätte noch hinein gepasst. Aber Zwerge gibt es bei Hertha sowieso nicht. Da sind alle die Größten.

„Prost, du Sau....", schrie ein Männlein mit blauweißem Schal und dazu passender Mütze durch die Bahn. Zum Hochheben seiner Bierflasche war es zu eng. Mitten in der Bewegung blieb der Arm zwischen seinen Nachbarn stecken. Die beiden Stuttgarter an der Tür zuckten zusammen. Gelangweilt schauten sie aus dem Fenster. Sie hatten Angst. Sie waren hier im feindlichen Ausland. Westkreuz...Man sah ihnen an, dass sie im Stillen ihres Hirns die Stationen zählten, die sie noch zu bewältigen hatten.

Abenteuerurlaub würden sie später ihren Kumpels erzählen.

Taschenkontrolle, Leibesvisitation. Frau zu Frau. Mann zu Mann. Schade! Die Brezeln kosteten 2 Euro 80. Nicht der ganze Korb. Eine. Zwei Stück...das machte...egal, es war Samstag und die Sonne schien. Gegentribühne, Reihe 18 Sitz vier und fünf. Für Justin und für mich. Das ganze für 38 Euro. Eine Karte. Egal. Kein Grund sich aufzuregen. Es ist Samstag und die Sonne scheint.

Dann muss ich mal. Mein Gott, die ganzen Stufen wieder rauf. Die Schlange am Scheißhaus. Ohje, ich rede schon wie ein Herthafan. Der Typ neben mir hatte alle Hände voll zu tun. Nee, nicht was Sie jetzt denken. Den linken Arm trug er in der Schlinge. Die rechte hielt krampfhaft die Bierpulle fest. Was nun. Er schaute zu mir, als könne ich ihm helfen. Neee, das mach mal schön alleine.

15.30 Uhr. Anpfiff. Irgendwie liefen alle durcheinander. Aber die Farben waren schön. Dunkelblau und rot. Dazwischen weiße Beine. Und alles auf grünen Rasen. Der Mann im Tor spuckte. Schwein.

Neben mir schrie jemand: „Klopp die Pille rin." Nach kurzem Denken, stellte ich fest: er meint den Ball. Oder das Leder. Oder eben die Pille.

Dann schrien ein paar Rote. Toooor. Die Pille war drin. Doch auf der falschen Seite.

„Ick habs dir jesacht. Der Favre kann nischt. Statt Schmidt rumhüpfen zu lassen, lässt der Cubukcu uffs Feld...total bekloppt, der Favre. Typisch Österreicher."

„Det isn Schweizer, du Hirni", brüllt sein Nachbar zurück.

„Sach ick doch. Is doch detselbe. Warste nie inne Schule, du Hirni?" Hirni schwieg und biss sich auf die Unterlippe.

Halbzeit. Hinter mir drückten sich ein Paar Schuhe, Größe 24, in den Rücken. Ein Gör mit schlechtem Benehmen. Neben ihm sein Vater. Zwischen seinen Beinen ein umgekipptes Bier, ein angebissenes Brötchen und jede Menge Schokoladenpapier. Ich verkneife es mir, was zu sagen. Justin hustet. Der Typ vor ihm raucht und der Qualm zieht in unsere Nasen. Sagen hilft nichts. Der Typ ist geistig hinter alle Berge. Kann grad noch sein Bier halten.

Zweite Halbzeit. Mein Gott, was ist mit den Herthanern los? Die gehen ab wie eine Lok. Gesponsert von der Deutschen Bahn. 1:1. Die Lok ist in den Schuppen gerast. Danach gleich noch mal und noch mal.

3:1 für Hertha.

Das Stadion bebt. Die Leute toben. Fahnen schwenken durch den warmen Nachmittag. Der Stadionsprecher stottert. Meine zwei Euro 80 Brezel fällt zu Boden. Zum Glück hatte ich schon zwei Euro 79 aufgegessen. Der Typ vor uns ist außer Rand und Band. Er schwenkt die Arme. Ohne Fahne. Die kommt aus seinem Mund. Aber auch ich springe auf, wedle mit den Händen und schreie....gute Laune ist ansteckend. Es ist Samstag und die Sonne scheint,

Blizzard

Blizzard würde gewinnen. Dachte ich. Doch Blizzard verlor. Zwar wurde er nicht Letzter, doch der vorletzte Platz für einen Gaul, auf dem ich meine letzten 100 Euro gewettet hatte, war auch nicht gerade erheiternd. Ich hatte mir extra meinen roten Schal um den Hals geworfen, um das Glück auf mich aufmerksam zu machen. Scheiße! Wieder verpasst. Wie letzte Woche schon und die Woche davor auch. Das Glück flog einer Frau in den besten Jahren zu. Wobei das mit den besten Jahren aus verschiedenen Blickwinkeln zu betrachten wäre. Aus der Sicht eines 18jhrigen hatte sie die besten Jahre schon hinter sich. Ihrer eigenen Einschätzung nach wohl auch. Ich allerdings dachte mir, eine Frau, 20 Jahre jünger als ich, könnte mir gut gefallen. Jedenfalls zog sie mit einem Batzen Scheinen in der Hand an mir vorbei. Sie hinkte. Was aber nicht am Gewinn lag, sondern eher an den High-Heels, die ihr beim Laufen Mühe machten. Sie hatte hübsche Beine, ca. zwei Meter lang und schlank und rank. Mir gefiel der Blick auf ihre Beine, zumal sie keine Strümpfe trug und die Bräune reine Natur war. Außer mir fiel das keinem auf. Vielleicht deshalb, weil sie alle viel zu viel mit sich selbst beschäftigt waren. Der Dicke mit der dunklen Hornbrille blätterte in einer Wettzeitschrift und kreuzte alle Sekunden irgendetwas an. Bei soviel Kreuzen hätte ich schon lange den Überblick verloren. Er allerdings auch. Den Überblick verlieren ist meine Spezialität. Nicht immer. Aber oft. Das letzte Mal gerade vor einer guten Viertelstunde, als ich den letzten Schein aus der Hosentasche zog. Jeder vernünftige Mensch hätte damit etwas Vernünftiges angefangen. Sich zum Beispiel eine Currywurst gekauft und den Rest aufs Sparbuch gepackt. Aber so einer bin ich nicht. Ich mag keine Currywürste und ein Sparbuch besitze ich nicht. Also blieb mir nur das Wetten auf Blizzard. Oder? Ich hatte das untrügliche Gefühl gehabt, gerade von einer Glückswelle überrollt zu werden.

Es fing an zu regnen. Wenig Haare auf dem Kopf haben den Vorteil, dass auch nur wenig Haare nass werden. Aus diesem Grund besitze ich auch keinen Regenschirm. Außerdem finde ich Regenschirme weibisch. Das ist was für pubertierende Girlis oder Zuckergussmännchen. Bei mir ist jedes Kilo echt und nichts kann zerrinnen. Ich machte mir Gedanken darüber, wie es weiter gehen sollte. Null Cent in der Hosentasche, kein Schein in Aussicht und dann noch Regen. So wirklich glücklich machte mich das nicht. Aber hat Glück was mit Geld zu tun. Die Dünnhirnigen rufen jetzt ein entschiedenes Nein. Aber wie gesagt, was soll sich in einem dünnen Hirn schon regen? Entweder hatten sie selbst genug Kohle oder lebten im Nirwana. Ich gehöre zu keinen der beiden Seiten. Ich bin einfach nur pleite. Die Frau in den hochhackigen Dingern ist stehengeblieben. Selbst im Stehen wackelt sie. Ein Mann kommt auf sie zu. Er trägt keine hohen Schuhe. Seine sind aus schwarzem Lack und glänzen wie die Stirn eines Marathonläufers kurz vor dem Ziel. Wie passen die beiden zusammen? Gar nicht, denke ich. Kurzfristig vergesse ich meinen eigenen Scheiß und mache mir Gedanken über diese Symbiose. Gutes Wort. Habe ich vor ein paar Tagen schon mal gehört. Der Typ, der es in meiner Gegenwart gebrauchte, dachte, ich wüsste nicht, was es bedeuten würde. Er hatte recht. Aber jetzt weiß ich Bescheid. Dank Wikipedia. Lack- und Stöckelschuh streiten sich. Regentropfen fallen aufs Glänzende. Um ihre Hacken bis zur Sohle nass werden zu lassen, müsste ein mittleres Hochwasser kommen. Na ja, was soll ich sagen. Ist alles nicht mein Problem. Die Beiden streiten und schreien sich an. Es sieht aus, als wolle Lackschuh seinen Anteil am Gewinn. Sie bleibt stur. Ihre Augen haben etwas Entschiedenes. Ich stehe mit Händen in den Hosentaschen da und überlege, was ich tun würde, wenn er ihr eine scheuert. Noch bevor der Gedanke richtig zu Ende gedacht war, passierte es. Er hebt die Hand, sie tritt zu. Alles ging furchtbar schnell. Jedenfalls für meine Augen. Irgendwie hörte ich nur noch seinen Schrei und wie er sich bückte. Der High-Heel-Hacken zeichnete sich wundervoll auf dem Lackleder ab. Er selbst hatte einen roten Kopf. Aus Scham und aus Schmerz. Sie eilte hinfort. Als auch ich in ihre Fluchtrichtung ging, hörte ich ihn fluchen. Irgendetwas wie blöde Sau oder so ähnlich. Nach wenigen Schritten fand ich einen durchnässten Hunderteuroschein auf den Terrassenplatten. Ich hob ihn auf und schlenderte damit zum Wettschalter. Wie gesagt, Currywürste schmecken scheiße, ein Sparbuch habe ich nicht und Blizzard startet gleich sein nächstes Rennen...

Deutsche Rentenversicherung

11 Uhr 13. Es riecht nach Menschen. Nach wartenden Menschen. Einige lesen, andere stieren blöd vor sich hin. Die Dicke mit dem engen roten Pulli findet sich schön. Ein paar Kilo zuviel hingen in den Maschen des Pullovers und würden wohl auch so schnell nicht mehr verschwinden. Zwei Tafeln Ritter Sport hatte sie schon verschlungen und dabei sitzt sie gerademan eine Viertelstunde hier. Nervennahrung, erklärt sie sich ihre Gier und schiebt verschämt das letzte Stück zwischen die Lippen. Neben ihr ein spindeldünner Mann, dem man ansieht, dass er seit 50 Jahren raucht. Qualmen macht schlank. Aber doch nicht so. Dann lieber ein paar Röllchen auf den Hüften.

„Fragen Sie die Leute mal, ob ich vor kann. Ich hab wenig Zeit." Die Stimme hatte etwas Unangenehmes und genauso sah der Typ auch aus. Seine spitze Nase ragt in den Warteraum hinein, wie die Startrampe in Cap Carneveral. Die Ohren segeln rechts und links davon. Sein Gesicht sieht aus, wie eine Mischung aus Rakete und Hubschrauber.

„Fragen Sie doch selbst." Die Dame hinter der ovalen Rezeption lächelt und jeder sieht, dass sie es nicht so meint. „Reden Sie nicht so laut. Sie stehen in der Diskretionszone", sagt sie zu Segelohr und ihr Lächeln verschwindet. Dafür lacht die Dicke bis die Röllchen wackeln.

Im Hintergrund grölt ein Kind. Noch nicht im Rentenalter und schon aufsässig. Wo gibt's denn so was? Als der Junge, ich denke, es war ein Junge, denn Mädchen grölen nicht, sie weinen, nach Papas Brille greift und sie zu Boden feuert, tropft der erste Schweiß von Vaters Stirn. Hätte ich bloß kein Erziehungsjahr genommen, scheint er zu denken. Doch nun ist es zu spät.

Blank polierte Lackschuhe schieben sich tangomäßig in den Warteraum. Oben trägt er Glatze, da ist der Lack schon ab. Der Herr ist nervös. Man merkt ihm an, dass er zum ersten Mal hier ist. Zwei dicke Aktenordner trägt er unter dem Arm. Viel Spaß für den Berater.

Neben der Palme, die auch schon bessere Zeiten gesehen hat, sitzen Frau und Mann. Gleiche Brille, gleiche Mütze, gleicher Gesichtsausdruck. Auf der anderen Seite, dem Benjamini gegenüber, sitzt eine Frau. Jung und hübsch, schlank , dunkelhaarig und im halben Rentenalter. Ihre schlanken Finger mit den violetten Nägeln blätterten in einem

Modemagazin. Die Beine hat sie übereinandergeschlagen und ist sich der Wirkung sehr wohl bewusst. Sie sieht aus wie eine Prinzessin von und zu. Als Frau Müller aufgerufen wird, steht sie auf und geht in Richtung Lift.

„Mein Name ist Gehrmann GEHRMANN... Gustaf, Emil, Heinrich, Richard, Martha, Anna, zweimal Niemand. Ich wollte mal fragen..." Dann brach offensichtlich die Verbindung ab und Frau Gehrmann, sie sitzt zwischen Palme und Benjamini, wählt noch einmal. Zum Glück bleibt der Äther kalt und die Dame steckt ihr Handy in die goldene Einkaufstasche.

Mitten im Wartesaal ein blankpolierte Stein, über den Wasser fließt. Das leise Rauschen erinnert mich an das Lied von der klappernden Mühle am rauschenden Bach. Der Stein lädt zum Anfassen ein.

Keiner traute sich. Nicht einmal Frau Gehrmann.

Herr M. Pflaumenbaum erwartete mich im
ersten Stock. Zimmer 1005. Die Tür stand
offen und Herr Pflaumenbaum zeigt auf den
freien Stuhl. „Soll ich die Tür schließen?,
frage ich. „Wie Sie wollen. Aber es ist besser, Sie machen sie zu", erwidert er. Die
Tür blieb offen, ich setzte mich. Hinter
Herrn Pflaumenbaum steht ein Regal. Ein
Rentenversicherungsanstaltsregal. Hässlich
wie die Nacht. Auf dem obersten Brett zwischen Duden und einer Minivase mit ver-
blühtem Inhalt, steht ein goldener Rahmen
mit dem Foto eines kleinen Mädchens.
Fräulein Pflaumenbaum, ich musste grinsen, bekam aber sofort ein schlechtes Gewissen. Armes Gör, dachte, dieser Name
muss ein Trauma sein. Ich dachte sogleich
an Frau Dotterweich, der Deutschlehrerin

meines Sohnes. Sie beschwerte sich bei mir, weil ihr jemand, vielleicht war es sogar mein Sohn, ein rohes Ei in die Kitteltasche gesteckt und dann draufgeschlagen hatte. Nun hatte sie den Salat, oder besser gesagt, Rührei in der Tasche. Ich wollte sie trösten und meinte, sie solle das nicht persönlich nehmen. Schließlich hätte sie doch einen Namen, der geradezu für solche Streiche gemacht sei. Frau Dotterweich weinte und ich nahm sie in den Arm.

M. Pflaumenbaum steht auf dem Schild neben dem Computer. Ich überlegte, was wohl das M bedeuten könne. Vielleicht Mein...mein Pflaumenbaum. Ich lachte und entschuldigte mich. Ich hätte eben an etwas Komisches gedacht. Was ja auch stimmte. Aber das traute ich mich nicht zu sagen. Pflaumenbaums Gesicht nahm nun den typischen Beamtenausdruck an. Eine Mischung aus Schläfrigkeit, Wichtigkeit und einer Prise Arroganz. Kurzfristig eingeschüchtert, schwieg ich. Doch mein Gegenüber ließ das nicht lange zu. Sein Mittagessen wartete. Es war kurz vor zwölf. Dann fing Pflaumenbaum zu reden an. Sehr langsam und sehr bedächtig. Ich verstand kein Wort. Da stand zum Beispiel in meinem Rentenbescheid folgender Satz: Die Bescheidaufhebung ist zulässig, wenn Sie wussten, oder nur deshalb nicht wussten, weil Sie die erforderliche Sorgfalt in besonders schwerem Maße verletzt haben, dass etc....Pflaumenbaums Erklärung war allerdings genial: Vergessen Sie diese Umschreibung, sie ist null und nichtig...

Zu spät

Eines Tages beschloss sie, ihr Leben zu erleichtern. Es war der 4. März, ein heller, freundlicher Tag, an dem die Sonnenstrahlen des kommenden Frühlings die Natur streichelten und Lust auf Lust machten. Kirschblüten streckten ihre Triebe ins Licht und die Krokusse machten die Stadtlandschaft bunter. Für viele ein Tag wie jeder anderer. Für Sandra F. der Neubeginn. Sie hatte die Nase voll vom ewigen Putzen für sechs Euro die Stunde und dem Bedienen der Tanzschulgäste für fünf Euro fünfzig. Sie hatte die Nase voll vom frühen Aufstehen, vom Lernen in der S-Bahn und davon, dass sie jeden Cent ein paar Mal streicheln musste, bevor sie sich von ihm trennte. Sandra beschloss Hure zu werden! Sie hatte Spaß am Sex, wollte oft und mit viel Genuss. Sie hatte einen festen Freund, der brav das Haus hütete, kochte und Hase und Karnickel versorgte, während die mit Ralph ins Kino ging, im Auto vögelte und in seinem Bett austobte. Ihr Freund war unsterblich in sie verliebt, Ralph sah die Sache locker, schließlich war er 32 Jahre älter als sie. Ich mag dich, sagten sie sich manchmal und das war auch so. Er war ihr väterlicher Freund, der ihr das Gefühl gab, sie sei wichtig. Nicht nur als Frau, sondern auch als Mensch. Sozusagen eine Freundschaft mit regelmäßigem Sex.

Nach ihrem Entschluss, Hure zu werden, ging alles schnell voran. Eine Woche später lächelte sie einsamen Herren von der Internetseite der Escortagentur zu. Für ihren ersten Einsatz flog sie mit einem Banker nach Madrid. Er war einen Kopf kleiner als sie und Sandra um 2600 Euro reicher. Ihren Eltern und Freunden hatte sie erklärt, sie müsse fürs Studium nach Usedom. Nur Ralph erzählte sie die Wahrheit. Während sie in Madrid dem Banker ein paar schöne Stunden machte, schaute er sich ihre Bilder im Internet an und hatte ein merkwürdiges Gefühl im Bauch. 48 Stunden später lag sie bei ihm im Bett. Es war wie immer, nur anders. Sie war die gleiche Frau und sah doch anders aus. Ihr Lächeln war wie immer, doch er fragte sich, ob es das berufsmäßige Lächeln einer Hure wäre. Er hatte ein schlechtes Gewissen weil er dachte, er würde ihr Unrecht tun. So ging es die nächsten Wochen weiter. Zwei Tage London, eine Nacht in Paris und ein paar Nächte in Berliner Nobelhotels. Sie kaufte sich zwei Kleider von Armani für die sie zwei Jahre hätte Putzen müssen. Im Bett trug sie nun Seidenes und BH und Slip aus der Lingerie des KadeWe. Er spürte ihre Veränderung und jedesmal wenn sie unterwegs war, kam dieses Gefühl im Magen. Er musste aufstoßen, wachte immer öfter mit Sodbrennen auf und lutschte Magentabletten. Statt von Verfahrenstechnik und der Wiederaufbereitung verseuchter Böden erzählte sie nun von teuren Nachtclubs, deren Namen er in der Zeitung las. Bars in denen die Reichen und Schönen dieser Welt verkehrten. Vom Studium der Verfahrenstechnik verstand er zwar wenig, doch es hatte ihm Spaß gemacht, ihr zuzuhören. Der Jetset dagegen interessierte ihn nicht und er langweilte sich bei ihren Erzählungen. Es ging um Geld, um tolle Typen und um Cocktails, deren Namen er gleich wieder vergaß. Von ihrem Freund trennte sie sich. Er habe zu wenig Verständnis für sie, war ihre Begründung. Sie erwähnte es nur am Rande. Sie beantragte ein Urlaubssemester und flog auf die Bahamas. Ihr Pony, an dem sie jahrelang gehangen hatte, verkaufte sie und Karnickel und Hase kamen zu den Nichten. Der Traum vom kleinen Bauernhof im Umland war vergessen. Stattdessen war die neue Wohnung edel und teuer eingerichtet. Nun konnte sie auch Kunden zu Hause empfangen. Ralph wollte die Wohnung nicht sehen. Ihr 35 Quadratmeter-Apartement im Hochhaus mit der ungebügelten Wäsche in der Ecke, dem zugemüllten Balkon und dem Loch im Waschbecken hatte ihm besser gefallen. Als seine Magenschmerzen und das Sodbrennen aufhörten und stattdessen üble Gefühle auftauchten, hatte er kaum noch Lust auf Sex mit ihr. Erst erschrak er, dann fühlte er sich frei. Zweimal versuchte er es noch, dann probierte er es anderswo und stellte fest, es ging. Sehr gut sogar. Sie merkte nicht, wie sehr sie sich von einander entfernten. Ihre aristokratisch nach oben gebogene Nase gefiel ihm nicht mehr. Ihr Busen war zu klein und ihr Lächeln hatte nicht mehr die Wärme und Aufrichtigkeit, die er mal gemocht hatte. Das „Ich mag Dich" kam ihm nicht mehr über die Lippen. Sie war ihm fremd geworden. Sie färbte ihr Haar, trug Armani-Jeans und verbrachte viel Zeit vor dem Spiegel.

Eines Tages stellte sie dann fest, dass weder Eltern noch Freunde eine große Rolle in ihrem Leben spielten. Es war sogar noch schlimmer: sie hatte niemanden, mit dem sie reden konnte. Die Männer, die sie seit Monaten um sich hatte, wollten ihren Körper und zahlten dafür. Sie fühlte sich benutzt und wertlos. Auch 2000 Euro für die Nacht konnten sie nicht darüber hinweg trösten, nur noch aus Busen und Scham zu bestehen. Sie saß im Wohnzimmer einer Suite in London, fühlte sich einsam und sehnte sich nach ihrem frühren Leben zurück. Sie dachte an Ralph, an seine Angst und wie ehrlich er darüber mit ihr gesprochen hatte, sie zu verlieren. Nicht an einen anderen Mann. Zu verlieren an Geld und Äußerlichkeiten. An das Leben mit Porsche und Goldkettchen um ihren schlanken Hals. Sie hatte ihn damals nicht verstanden und dachte, es wäre die Eifersucht eines älteren Mannes. Plötzlich dachte sie an Anna, den Kosenamen für ihre Scham und an Gregor und Gysi, ihre beiden Brüste. Sie hatte immer gelacht, wenn er sie so nannte. Und wenn sie erregt war, sagte er „Anna nass" zu ihr. Sie war oft bei ihm eingeschlafen und hatte seine bescheiden und oft außerirdischen Kochkünste genossen. Sie hatte sich gefreut, wenn er sie von der Uni abholte und einen Teller Salat mit Knoblauchbrot mitgebrachte. Sie fuhren meist in den kleinen Ackerweg entlang der Uni und picknickten. Sie aß Salat, ließ ihn vom Knoblauchbrot abbeißen und erzählte, wie ihr Tag gewesen war. Dann fuhren sie zu ihm und schliefen miteinander. Mal sanft und zärtlich, dann wieder wild und leidenschaftlich. Sandra griff zum Telefon und wählte seine Nummer. Es war ein Uhr nachts. Nach dem vierten Klingeln klickte es und eine Frauenstimme sagte verschlafen „Hallo?". Sandra legte wortlos auf...

Herr und Frau Appeldoorn

Frederic Appeldoorn überlegte seit geraumer Zeit, wie er seine Frau los werden könne. Undzwar für immer. Nicht das Appelddorn sie hassen würde, so weit war es noch nicht, aber lieben, nun ja, das tat er sie auch nicht mehr. Und manchmal fragte er sich, ob er das überhaupt jemals getan habe. Seit sechs Jahren waren sie verheiratet und fast die Hälfte der Zeit hatte sie einen schlechten Einfluss auf ihn gehabt. Frau Appeldoorn war jünger als Herr Appeldoorn. Um genau zu sein, waren es 19 Jahre, elf Monate und vier Tage. Wobei die vier Tage keine so große Rolle spielten. Sie sagten einander Herr und Frau Appeldoorn und gingen respektvoll miteinander um. Er hielt die Tür auf, ließ ihr den Vortritt und trug den Schirm, wenn es regnete, obwohl er sich dabei so ungeschickt anstellte, dass er meist selbst nass wurde. Auch gab er ihr sein ganzes Gehalt, damit sie sich schöne Dinge kaufen konnte. Mal eine Bluse mit Rüschen, die er grottenhässlich fand, mal ein zu enges Kleid, weil das Marzipankonfekt seine Spuren hinterlassen hatte. Er sah über vieles hinweg. Manchmal störte ihn ihre schnelle Entschlussfreudigkeit, die zuletzt dazu geführt hatte, dass sich Appeldoorns ein viel zu teures Auto gekauft hatten. Noch dazu in knallorange mit offenem Dach und weißen Sitzen, was so gar nicht seiner Mentalität entsprach, die sich mehr in Zurückhaltung als in Auffälligkeiten zeigte. Sie hingegen lobte seinen Sachverstand, erbat seinen Rat bei der Frage, welche Partei sie wählen solle und machte ihm keinerlei Vorwürfe, wenn die Lottozahlen, die sie ihn hat ankreuzen lassen, mal wieder nicht die richtigen waren. Auch war sie großzügig, wusste Frau Appeldoorn von sich zu berichten. Sie strickte ihm jedes Jahr einen Schal, zuletzt einen blauen mit jeweils einen weißen Streifen an beiden Enden. Fransen hatte er keine, denn Fransen konnte Appeldoorn nicht ausstehen. Auch nicht an dem neuen Teppich, 2,50 mal 3,50 im türkischen Muster, den sie trotz seines schweigsamen Protestes, gekauft hatte und an dem er jetzt täglich die Fransen bürstete. Früher hatte sie sich an seiner Zögerlichkeit gestört, doch, nachdem sie darin auch einen Vorteil für sich erblickt hatte, genoss sie die Art und Weise, wie er langsam und bedächtig an die Dinge heranging.

Von außen betrachtet eine Ehe voller Liebeswürdigkeiten, gäbe es nicht auch ein paar Dinge, die dem einen am anderen nicht behagten. Da waren erst einmal die Kochkünste von Ingrid, die, wie er fand, ans Außerirdische grenzten. Doch er schwieg. Warum sollte er sie unnötig verletzen. Also gewöhnte er sich an dass, was er in heimlichen Stunden Fraß nannte. Auch das sie nach jedem zweiten Satz „was?" sagte, störte die Harmonie von Woche zu Woche ein wenig mehr. Und der Vorschlag, seinen Freund Jonny, HNO-Arzt in Lichtenrade, aufzusuchen, führte zu weiteren Verwerfungen. Doch das Entscheidendste war, hätte man ihn gefragt, ihre Abneigung gegen jede Art sexueller Annäherung. Sie war unverdrossen in der Abwehr jener Handlungen, die man/frau gemeinhin und gemeinsam in einer Ehe ausführten. Hatte sie anfangs noch ein paar Mal sein Glied berührt und es sich in der Stellung der Missionare eingeführt, so verweigerte sie nun gänzlich jede Art von Hingabe. Eine Lösung schien nicht in Sicht. Dass Frau Appeldoorn Herrn Appeldoorn im Stillen einen Spießer und Dummkopf nannte, wusste er widerum nicht. Und dass Appeldoorn sich schon seit einiger Zeit mit der Möglichkeit eines abrupten Endes dieser Zweisamkeit beschäftigte, ahnte sie nicht. Wie gesagt, Appeldoorn nahm die wichtigen Dinge im Leben schweigsam und bedächtig in Angriff.

Doch eines nachts, als er mal wieder nicht schlafen konnte, erschien ihm die Lösung des Problems in Form eines weißen Pülverchens für möglich. Vor dem sonntäglichen Frühstück in Form eines halbweichen Eis und zwei Hälften Mohnbrötchen, die untere mit Honig, die obere mit Kirschkonfitüre, würde er in die Garage gehen. Im Regel neben des roten Cabrios stand eine Tüte mit Pflanzengift, das Frau Appeldoorn für ihre Ziersträucher und Rosenhecke benutzte. Ein wenig vom weißen Pülverchen würde genügen, die ehelichen Probleme als gelöst zu betrachten. Mit diesem Gedanken kehrte die Müdigkeit zurück und Appeldoorn verfiel in einem traumlosen Schlaf.

Am nächsten Morgen, gleich nach dem zweiten Bissen in die untere Hälfte des Brötchen, die mit dem Waldhonig, verspürte Appeldoorn ein Ziehen im Magen, was dort nicht hin gehörte. Von dem weißen Pülverchen, das Frau Appelddorn zwischen der irischen Butter und dem Honig gemischt hatte, schmeckte er nichts. Wie gesagt, Appeldoorn brauchte für eine Entscheidung oft sehr lange...diesmal zu lange.

Alkohol

Er war vierzehn, als er zum ersten Mal betrunken war. Während der Mathestunde fiel er vom Stuhl. Seine Mutter machte sich von nun an Sorgen um ihn. Der Vater lächelte still in sich hinein, war aus seinem kleinen Buben doch endlich ein richtiger Mann geworden. Der Lehrer unternahm nichts. Er trank selbst. Die elfte Klasse musste er wiederholen, danach schmiss er die Schule endgültig. Mit zwanzig war er zum ersten Mal auf Entzug. Als er nach vier Wochen aus dem Krankenhaus entlassen wurde, rauchte er Gras, dass er in einem Zimmer seiner Wohnung gleich selbst anbaute. Auf einer Party zog er sich die erste Nase. Danach war gut drauf. Er schmiedete verrückte Pläne, lebte Größenwahn als Normalität und fühlte sich als

Mann stärker denn je. Er kokste, rauchte, soff und dealte. Zwei Jahre später lernte er Julia kennen und sie heirateten. Julia arbeitete als Werbedesignerin, Sven jobbte sich durch den Tag. Sie bekamen zwei Kinder. Er machte den Haushalt. Sven liebte seine Kinder. Doch Koks, Gras und Alkohol liebte er mehr. Er litt, weinte, versprach, beteuerte und schwor – doch der Stoff war jedes Mal stärker als er. Er meinte es ernst. Er wollte wirklich nicht mehr. Sein Innerstes bäumte sich jedes Mal auf. Doch kraftlos und erschöpft fielen Seele und Körper immer wieder in die Sucht zurück. Was scherten ihn die Kinder, wenn er koksen wollte. Was gingen ihn Julias Tränen an, wenn er soff. Eines Tages sagte sie elender Säufer zu ihm. Dann verschwand sie mit den Kindern. Als er nach Hause kam, war die Wohnung leer. Nachdem er ihren Abschiedsbrief gelesen hatte, setzte er die Flasche an den Hals und schluckte. Dann rauchte er das Gras, das auf dem Küchentisch lag. Geld hatte er keins mehr. Zwei Stunden später saß er im Knast. Sie hatten ihn erwischt, als er einer alten Frau die Handtasche stehlen wollte. In der Zelle weinte, schrie und tobte er. Danach schämte er sich. Wie schon tausendmal zuvor. Er stank. Sein T-Shirt roch nach verschüttetem Schnaps und dem Schweiß der letzten acht Tage. Die Kripobeamtin hatte Mitleid mit ihm, wusch sein Hemd und hängte es zum Trocknen an die Zellentür. Es war der 14. Juli. Und es war heiß. Als er sechs Stunden später nach Hause gehen konnte, war das Shirt trocken.

Auf der Straße rasten die Autos an ihm vorbei. Ihm wurde schwindlig. Er hatte das Gefühl, mit steifen Beinen über den Asphalt zu staken. Es wäre die Wärme, redete er sich ein. Die Kripofrau hatte ihm einen Zehner zugesteckt. Er hatte es gesehen, und sich geschämt. Zwei Straßen später war er wieder betrunken. Alles ging sehr schnell. Statt des Zehners in der Tasche, hatte er die Flasche in der Hand; im Hausflur. Den Weg nach Hause hatte er nicht mehr geschafft. Als die Flasche leer war, lag er in der Ecke eines Hausflures. Die alte Dame, die ihm auf die Beine half, beschimpfte er. Er schlug um sich. Er wollte nicht geholfen werden. Er würde es allein schaffen, schrie er sie an. Verschreckt ließ die alte Dame ihn auf dem Boden liegen. Zwei Stunden später stolperte Sven in seine Wohnung. Julia weigerte sich zurück zu kommen. Der türkische Obsthändler, bei dem er sich ein paar Mark mit Kistenschleppen verdienen wollte, gab ihm nach dem dritten Zuspätkommen einen Tritt. Zwei Monate später stellte der Hauswirt die wenigen Möbel auf die Straße. Die Scheidungspost vom Familiengericht erreichte ihn nicht mehr.

Von nun an schlief er bei einem Kumpel, der ihn verstand. Jetzt tranken sie beide. Die einzige Entscheidung, die zu treffen war, wer von ihnen zu Lidl oder Aldi ging. Dass die Menschen an der Kasse Abstand hielten und die Nase rümpften, bemerkte er nicht einmal mehr. Oder war es ihm nur egal? Eine alte Frau drückte ihm einen Fünfer in die Hand. Gesagt hat sie nichts. Die Scham, die für einen Moment als heiße Welle von unten her seinen Körper durchflutete und im Bauchraum ausbreitete, war mit dem nächsten Schluck aus dem Sechserpack wieder weggespült. Die leere Bierbüchse stellte er der Kassiererin auf das Laufband.

Immer öfter konnte er nicht einschlafen. Er dachte an seine Kinder. Dann hämmerte sein Herz, und er schlug mit dem Kopf auf die dreckige Matratze, als wolle er seinen Gedanken eine andere Richtung geben. Als er ein paar Tage später all seinen Mut zusammennahm und sich vor die Schule stellte, rannten die Kinder weg. Zuhause trank er die Reste aus, dann schnitt er sich die Pulsadern auf. Als ihn sein Kumpel fand, war es fast zu spät. Seinen 27. Geburtstag feierte er im Krankenhaus. Auf der Alkoholikerstation. Der Therapeut hatte ihm ein paar Socken geschenkt. Dreizehn Jahre waren seit seinem Suff in der Mathestunde vergangen...

Walter Maut

Walter Maut ist tot. Der Zettel mit der Nachricht hing am Schwarzen Brett im Flur des Goethe-Gymnasiums. Ein Zettel, genauso trist wie sein Leben. Zwanzig mal zwanzig Zentimeter im Quadrat, lieblos von einem Notizblock abgerissen und an der oberen Kante ausgefranst. Die letzte Mitteilung eines Lebens, schief, mit einem gelben, spitzen Stift an die schwarze Platte gepinnt.   Die meisten Schüler rannten achtlos vorbei. So achtlos, wie auch am wirklichen Walter Maut. Grau und unscheinbar war er gewesen, der Herr Oberstudienrat. Ein Meter fünfundsiebzig groß, ein kleines Bäuchlein vor sich hertragend, das schüttere Haar stets sorgfältig nach links gescheitelt, blieb er den wenigsten Schülern über die Schulzeit hinaus in Erinnerung. Er war so unauffällig, dass er noch nicht einmal zur Zielscheibe von Kollegenspott und Schülerstreichen wurde.

Nur einmal in seinem Leben hatte er eine Frau geliebt. Das war während seiner Studienzeit in Hamburg gewesen. Er war fünfundzwanzig, studierte Mathematik, Physik und Chemie. Sie war zwei Jahre älter und arbeitete im Sekretariat der Uni. Niemand wusste so recht, warum die Liebe auseinander gegangen war, am wenigsten er selbst. Vielleicht war es seine Schüchternheit gewesen, sein Graues Maus Auftreten oder die Vorliebe für sein Hobby: das Aquarium. Susanne mochte keine Fische, weder im Wasser noch auf dem Teller. Seine Mutter, eine ehemalige Kindergärtnerin, fragte ihn in ihren Briefen noch ein paarmal nach Susanne, doch als sie keine Antwort erhielt, ließ sie es sein. So lebte Maut ohne Frau, aber mit Aquarium und fast ohne Freunde bis über seinen Fünfzigsten hinaus. Noch nicht einmal einen Fernseher hatte er.

„Was wohl aus seinen vielen schönen Büchern wird?" fragte ein Kollege im Vorübergehen einen anderen. Er war einer der Wenigen gewesen, mit dem Walter Maut über das rote Schulgebäude hinaus Kontakt gehabt hatte. Maut hatte ihn ein paarmal in seine kleine Zweizimmerwohnung eingeladen, ihm Salzstangen und Bier angeboten und stolz seine Büchersammlung gezeigt. Seltene naturwissenschaftliche Werke, in Leder gebunden und wertvoll, bis unter die Decke hinauf.

„Er war wie ausgewechselt, wenn er über seine Bücher sprach. Erstaunlich, wie viel Energie in ihm steckte, wenn er schwärmte. Die Augen glänzten, sein Körper straffte sich und manchmal erschien sogar ein Lä-

cheln auf seinem sonst so traurigen Gesicht", erklärte der Kollege.   Die beiden
Lehrer gingen weiter, und nach wenigen
Schritten, sie hatten noch nicht einmal das
Rektorzimmer erreicht, war Walter Maut
auch aus ihrem Gedächtnis wieder verschwunden.

Irrfahrt

Feddersen lebte ein ausgesprochen wohlgeordnetes Leben. Er lebte nach der Uhr. Jeden Morgen er um die gleiche Zeit auf, fuhr mit dem gleichen Bus ins Büro, aß um die gleiche Zeit zu Mittag, machte um die gleiche Zeit Feierabend und ging um die gleiche Zeit schlafen...

An einem Donnerstag im November verließ Feddersen sein Büro pünktlich um 17.30 Uhr. Der Liftboy, der ihn aus dem neunten Stock hinunterbrachte, sagte: „Pünktlich wie immer Herr Feddersen."

„Stimmt, mein Junge", sagte Feddersen. „Auf Wiedersehen."

Nachdem er die üblichen drei Minuten an der Haltestelle gewartet hatte, stieg Feddersen in den ankommenden Bus – wie jeden Abend. Während er seine Monatskar-

te, die wie immer in der rechten Jackentasche steckte, hervorholte und dem Fahrer
zeigte, wunderte er sich einen Moment,
nicht in das vertraute Gesicht von Willy
Nickmann zu blicken. Solange Feddersen
jetzt bei Meier, Blohm & Partner arbeitete,
und das waren schon gut zwölf Jahre, solange fuhr auch Nickmann diesen Bus.

„Ob er wohl krank ist?" Feddersen überlegte einen Moment, ob er nachfragen sollte,
verwarf diesen Gedanken jedoch ebenso
schnell, wie er gekommen war. Er setzte
sich auf den gleichen Platz wie jeden
Abend, holte die säuberlich gefaltete Zeitung aus der Tasche und fing an zu lesen.

Ein liebesstoller Norweger hatte seiner Ge-
liebten einen 120 Meter langen Liebesbrief
gefaxt, bis der Empfängerin das Papier
ausgegangen war, las er und schmunzelte.
Der ist doch verrückt, dachte Feddersen

und schlug wie immer das rechte Bein über das linke. Im Lokalteil sah er das Foto vom Bürgermeister, der wie immer den gleichen roten Schal um den Hals hatte und mit dem gleichen Lächeln seine Wähler begrüßte. Beim Betrachten des Bildes fielen ihm die Augen zu, wie immer, wenn der 60er Bus in die Goethestraße einbog. Noch zehn Minuten, dachte er, dann bin ich zu Hause.

„Hey, so wachen Sie doch endlich auf." Die Stimme, die ihn so unsanft aus dem Schlaf holte, gehörte dem Busfahrer.

„Endstation – Aussteigen." Als Feddersen erschreckt hochfuhr und aus dem Fenster sah, erschien ihm alles fremd. „Wo bin ich?" fragte er. „Am Roseneck." Die Stimme des Busfahrers klang gereizt. Irritiert faltete Feddersen seine Zeitung zusammen und stieg aus.

Im Wiener Cafehaus, direkt an der Haltestelle, waren noch einige Stühle frei. Behutsam lenkte er seine Schritte zum Tisch rechts außen und setzte sich. Noch einmal blickt er zum Bus zurück. A 66 las er schwarz auf weiß, wo eigentlich A 60 hätte stehen müssen. Sollte er in den falschen Bus gestiegen sein? Nein, Feddersen schüttelte den Kopf, erschrak aber sogleich darüber, denn die beiden älteren Damen vom Tisch nebenan schauten ihn verwundert an. Dann fiel sein Blick auf das große, weiße Schild am Haltestellenmast: Wegen Bauarbeiten: Streckenänderung des A 60. Na sowas, dachte er. Verärgert über seine eigene Schussligkeit knirrschte er mit den Zähnen.

Jetzt roch er den frischen Apfelkuchen, sah die hübsche Kellnerin und spürte die warmen Sonnenstrahlen auf seinem Kopf tanzen. Noch einmal knirrschte er aus alter Gewohnheit mit den Zähnen, aber diesmal schon merklich leiser.

„Warum eigentlich nicht", sprach er laut vor sich hin und diesmal störte er sich nicht an den wundersamen Blicken seiner Tischnachbarn. Als die Kellnerin kam, bestellte er sich einen warmen Apfelstrudel mit Vanillesauße. Und während er die süße Köstlichkeit Löffel für Löffel in sich hineinschaufelte, dachte er an die Pellkartoffeln mit Hering, die jeden Donnerstag zuhause auf ihn warteten – seit Jahren.

Die Geliebte

Das Zimmer war klein. Vielleicht drei mal drei Meter im Quadrat. Es war schlicht und einfach eingerichtet, so wie hunderttausende Hotelzimmer dieser Welt. Die dunkelblaue Tür stand im kräftigen Kontrast zu den hellen, von unzähligen Zigaretten gelb gefärbten Wänden. Auf der gegenüberliegenden Seite der Tür strömte helles Sonnenlicht durch zwei gleichgroße Fenster, deren Klinken, aus welchen Gründen auch immer, mit einem rotbraunen Einweckgummi verbunden waren. Davor ein brauner Plastiksessel mit hoher Lehne. Auf dem Tisch das noch unberührte Abendessen des Vortages. Eine Scheibe Tilsiter und fettarme Mortadella, eine halbe Scheibe Zungenwurst mit grauer Färbung. Die nebenliegende Scheibe Vollkornbrot wölbte sich an den Ecken trocken nach

189

sich an den Ecken trocken nach oben. Die Sonnenstrahlen fielen auf den am Tisch sitzenden Mann. Anfang dreißig, langes Haar, im Nacken gekräuselt. Es hatte die gleiche Färbung wie der dunkelblonde, struppige Schnauzbart, deren Enden zottig über die Oberlippe hingen und ihm in den Mund wuchsen. Die Ellenbogen auf die abgestoßene Tischkante gestützt, die Hände schalenförmig um sein Gesicht gelegt, starrte er vor sich hin. Der kleine Finger an seiner linken Hand zitterte unmerklich. Er kannte dieses leichte Zittern, das, vom kleinen Finger ausgehend später beide Hände ergriff, sich dann an Armen und Schulter fortsetzte, bis es erbarmungslos den ganzen Körper ergriff. Er biss die Zähne zusammen. Langsam, Millimeter für Millimeter. hoben sich seine Augen über den tristen Abendbrotteller hinweg zum Bett an der gegenüberliegenden Wand. Es dauerte unendlich lange, bis sein Blick die zerknüllte Bettdecke erreicht hatte. Dann sah er Sie. Sie lag quer auf dem zerknitterten Laken. Ihre vollen runden Formen verleiteten ihn immer wieder dazu, mit den Händen über ihren Körper zu streicheln und den sanften Schwung mit den Fingerspitzen zu erfühlen. Er konnte sich nicht sattsehen an ihr. An den langen, schlanken Hals, an den sich darunter anschließenden Körper. Es bereitete ihm Vergnügen ihre Mitte zu ertasten, ihren gleichmäßigen Körper mit den Händen nachzuzeichnen. Er spürte die Macht, die sie über ihn hatte. Sie löste Gefühle aus, die ihn glücklich machten aber auch gleichzeitig erstickten. Bei ihr vergaß er seine Vorsätze, pfiff auf die Moral und alle guten Worte. Bei ihr war er Held und Verführer, war er groß und stark. Bei ihr vergaß er den Alltag, seine Ehe und seine trostlose Existenz als Vertreter. Es war keine Liebe auf den ersten Blick gewesen. Ihre Macht über ihn hatte sich langsam entwickelt. Unmerklich, schleichend, bis sie ihn in den Fängen hatte. Sie war immer für ihn da. Schlank und verführerisch ließ sie ihn den Alltag vergessen. Sie ließ ihn Mann sein. Draufgängerisch, selbstbewusst. So lange sie bei ihm war, fühlte er sich stark, als Held vom Scheitel bis zur Sohle. Manchmal spürte er seine Abhängigkeit, die er im selben Moment sofort wieder verdrängte. Wenn er ihre Krallen hautnah spürte, machte er ein paar, meist zaghafte Versuche, sich von ihr zu lösen. Doch seine Begehrlichkeit hielt ihn fest. Ihr Lächeln ließ aus dem nein schnell wieder ein ja werden. Ihr Duft, der Geruch von Leidenschaft und Triebhaftigkeit ließ aus seinem „nie wieder",

sogleich ein „nur noch dieses eine Mal"
werden. Wie oft hatte er geschworen, seine
Finger von ihr zu lassen, doch es waren
immer Meineide geworden. Auch jetzt lächelte sie ihn verführerisch im Licht der un-
tergehenden Sonne an. Wieder spürte er
das Zucken seines kleinen Fingers; kräftiger und heftiger als das Mal zuvor. Seine
Lider flackerten. Er wollte die Augen schließen, um sie nicht mehr zu sehen. Doch er
wusste: Das geistige Bild hatte die gleiche
Kraft, wie das wirkliche. Er drehte den Kopf,
schaute auf das Telefon, als würde er sich
von ihm die Lösung seines Zustandes er-
hoffen. Er schaute zu ihr hinüber. Sie
schwieg. Sie lockte lautlos. Seine Beine
zitterten. Er wollte zu ihr ins Bett. Doch
stattdessen presste er die Knie immer fe-
ster zusammen, bis die Innenseiten der
Oberschenkel schmerzten. Nein, nicht

schon wieder, hämmerte es in seinem Kopf herum. Du musst hart bleiben. Nicht nachgeben. Dann fielen ihm schlagartig die Stunden ein, in denen ihre Abwesenheit ihm Angst gemacht hatte und er dachte an die Erleichterung, als er sie wieder fest in den Händen gehalten hatte. Hautnah waren die Stunden wieder da, in denen er ihretwegen gelitten, geschwitzt und gezittert hatte. Er hatte sie tausendmal zum Teufel gewünscht, um kurz darauf mit ihr wieder im siebten Himmel zu sein. Wie oft hatte er versucht, sich ein Leben ohne sie vorzustellen. Der Gedanke ließ ihn würgen. Nein, dieses Mal muss er hart bleiben. Er hatte es sich, seiner Frau und seinen Kindern versprochen. Wie oft hatte er die anderen enttäuscht? Nein, diesmal würde es ihm gelingen. Er atmete tief durch. Kilometerweit war er ihretwegen gefahren, nur um sie bei sich zu haben, um sogleich aber auch das Elend der Beziehung zu spüren. Du Versager. Du Niemand. Die ganze Welt blickte ihn zornig an, doch wie ein kleines Kind schloss er einfach die Augen. Immer heftiger wurden die Schreie, die in sein Hirn drangen und es durcheinanderwirbelten wie ein Sandsturm die Wüste Gobi. Die letzten Sonnenstrahlen fielen auf das Bett, und verführerischer und begehrenswerter denn je lächelte sie ihn an.

Die Sonne war hinter den Dächern der Stadt versunken. Dunkel breitete sich im Zimmer aus. Er lag neben ihr auf dem Laken. Fest drückte er sie an sich heran, geradeso, als hätte er Angst, ein anderer könne sie ihm wegnehmen. Wieder einmal hatte er den Kampf gegen die Flasche verloren.

Ich bin Rolf Kremming, Jahrgang 1944, in Berlin-Kreuzberg geboren. Mit 14 angefangen zu fotografieren. Erst mit einer Agfa Clack, dann Voigtländer Vito B, gefolgt von Nikon und Canon.

17 Jahre fest angestellter Reporter bei der Bildzeitung.

Seit 1984 freier Reporter für Tageszeitungen, Illustrierte und freier Autor für Kurzgeschichten.

Email: rok@rolfkremming.de

Webseite: www.rolfkremming.de

Herstellung und Verlag:
BoD - Books on Demand, Norderstedt
ISBN 978-3-7528-7965-0

FSC

www.fsc.org

MIX

Papier aus ver-
antwortungsvollen
Quellen

Paper from
responsible sources

FSC® C105338